闵瑞红 著

青涩成长

时光荏苒，岁月如梭，
倏忽我的中学生涯
已近尾声。

正如我必须感激爸妈赐予我生命那样
也须感激文学带给我精神上的升华以及灵魂上的圣洁

九 州 出 版 社
JIUZHOUPRESS

图书在版编目（CIP）数据

青涩成长 / 闵瑞红著 . -- 北京：九州出版社，2017.2

ISBN 978 - 7 - 5108 - 5088 - 2

Ⅰ . ①青… Ⅱ . ①闵… Ⅲ . ①散文集—中国—当代 Ⅳ . ①I267

中国版本图书馆 CIP 数据核字（2017）第 035802 号

青涩成长

作　　者	闵瑞红　著	
出版发行	九州出版社	
地　　址	北京市西城区阜外大街甲 35 号（100037）	
发行电话	（010）68992190/3/5/6	
网　　址	www. jiuzhoupress. com	
电子信箱	jiuzhou@ jiuzhoupress. com	
印　　刷	北京天正元印务有限公司	
开　　本	710 毫米 × 1000 毫米　16 开	
印　　张	13	
字　　数	163 千字	
版　　次	2017 年 2 月第 1 版	
印　　次	2017 年 2 月第 1 次印刷	
书　　号	ISBN 978 - 7 - 5108 - 5088 - 2	
定　　价	38. 00 元	

前　言

在我很小的时候，便萌发了成为作家的梦想，文学的种子随之播落心田。十几年苦苦追逐，未曾有半刻停歇，铢积寸累，不负青春，终有小成，遂有了这本薄薄的作文选。在整理这些年的作品时，我深刻地体会到，自己走过了一条颇为坎坷、颇多收获的文学之路。当小伙伴们慨叹生活的单调，学习的空乏之际，我却因有文学相伴，兀自庆幸。文学创作使我的青春不再彷徨，生活的底色不再苍白。简而言之，文学使我变成了一个爱思考爱表达之人。因有文学作伴，我既没像有的同学那样玩世不恭地谈恋爱，抑或昏天暗地地打游戏，也没有像某些同学那样糊里糊涂地混日子，抑或大考来临手足无措。对于当前的生活，我不敢说它有多么超凡多姿，但文学的确使它脱了几分俗气。文学带给我的收获是无以名状的。正如我必须感激爸妈赐予我生命那样，也须感激文学带给我精神上的升华以及灵魂上的圣洁。

时光荏苒，岁月如梭，倏忽间我的中学生涯已近尾声。手握即将付梓的这摞稿子，我的心情就像一个虔诚的教徒翻阅宗教经典似的。这本凝结了我汗水的小册子，每页都刻着我青春的足迹：小的时候对自然童话的憧憬，初中那会儿对学习生活的思考，高中之际对生命哲理的探索。所撰文字或许稚嫩，文笔或许不够流畅，思维或许也不够深刻，但每篇文章都饱含着我炽热的情感，希望它能带给大家快乐和思考。多年来的文学梦想和青春记忆能以铅字的形式出版，令我感到无比幸福和满足。

在此衷心感谢中联华文的樊景良和张金良两位老师，以及贵社各位编辑老师，正因为有了他们的鼓励与支持，拙作才得以顺利出版。

惟愿此后岁月，我依然能矢志文学，乘长风破巨浪，驶抵文学圣殿！

目　录
CONTENTS

小　草

　　小草虽没有花香、没有树高，但却有松柏的顽强、腊梅的坚韧。

　　春姑娘迈着婀娜的脚步，姗姗而来，被寒冷冻结了一个冬天的大地终于复苏了。一棵棵小草从甜美的梦乡中醒来，争先恐后地从土地里钻出来，临风而语，沐雨而笑，舒展起自己柔软的腰身，静悄悄地给大地披上了翠色欲滴的衣服。

　　由于无所欲求，小草从来不寂寞，也无烦忧。与那些表现欲极强的花儿不同，小草"无意苦争春，一任群芳妒"，它安闲地伫立在属于它的地盘，默默为大地母亲奉献着绿色。

　　小草的生命平凡而倔强，毋须浇水、施肥，只要有一块土地、一束阳光就能茁壮成长，舞出自己的精彩。

　　春天，草长莺飞，冰雪融化。小草生长在地球的每一个角落，不用说美丽的花园，也不用说诗意的农田，更不用说肥沃的原野，随处可见她们的倩影。小草是春天的使者，是春神句芒的跟随者，给这个世界带来生机和活力。如果没有小草，那春天怎能不变得枯燥、不变得乏味呢？

　　夏天，骄阳似火，毒辣地炙烤着万物，此刻就连平日里最喜热闹的蝉儿也抵抗不住这股热气，急匆匆地躲到阴凉处休息去了。小草，高傲地挺起她那纤瘦的腰肢，迎着炎夏，更加茂盛、更加强壮。

　　秋天，凉风习习，吹掉满树的叶子，吹散疲倦的云朵。小草，葳蕤了一个季节的小草啊，逐渐消瘦，开始了她可歌可泣的枯萎。冷风凶狠地吹折了她的腰身，却吹不断它生生不息的精神。

　　冬天，白雪皑皑，冻僵了飞禽的翅膀，压弯了松柏的枝丫，一切仿佛都在哀叹，都在沉寂。咦？远处似有随风舞动的手臂。瞧！是小草！是遗世独立的小草！她没有跪倒在冰雪的淫威下，她用她残破的脸、完整的心，撑起了属于这个寒冬的暖梦！

仙人掌

我家的阳台上摆满了各式各样的花儿,有吊兰、太阳花、百合花、仙鹤来等等。然而我喜欢的却是那盆摆在角落里的仙人掌,其貌不扬却有着奉献的精神。

仙人掌是墨西哥的国花,它有翡翠似的茎,长满了硬刺的掌状一直向上伸,摊出了"绿色的手掌",一片一片,层层叠叠的,像叠罗汉似的。瞧,它的"手掌"还有很多的尖锐锋利小刺呢。

早就听说,仙人掌的花十分美丽,所以我才想要养一盆仙人掌来看一看。刚开始我每天都为它浇水、施肥,每天放学回家都会急不可待地跑去阳台看它。可是,每一次的期待都会变成失望。我却毫不气馁,一定要让仙人掌开花,但是,过了好久,等来的结果还是失望。一个月过去了,它没有任何要开花的意思,我索性就把它丢到一个不起眼的小角落,一隔数星期才为它浇水。再后来,我渐渐地把它忘了……

不知过了多久,我在浇花的时候,偶然瞥见角落里有一处鲜艳的东西,我定睛一看,啊!原来是那盆被我遗忘的仙人掌,它竟然开花了,那一刻,我激动得快要流下泪来。

后来,我才明白,仙人掌之所以具有顽强的生命力,原来它的根系十分发达,储水系统十分强劲,可以尽可能地将雨水储藏在自己的根中。它生来便十分低调，从不喜欢向别人炫耀它那美丽、鲜艳的花。

别看仙人掌不炫耀自己的花，长相又很一般，可它却有很好的药用价值。它可以入药，具有安神的作用，软化血管，并且也可以用于止血消肿，甚至有的地方将它做成可口的菜肴。哇，仙人掌原来有这么多用途，怪不得墨西哥人民将其作为自己的国花呢。

如今，再看到这株仙人掌时，我明白了：我们人也要像这株仙人掌一样，在艰难、恶劣的环境中顽强生存，为人类造福。勇于战胜困难，不向困难屈服。

我越来越喜欢这株仙人掌了。

胡　杨

　　大漠苍穹，戈壁长沙，历史的车轮重复着一个又一个千年。无止息的生死荣枯回荡在这被死神霸占的荒茫大漠中。然而，在这片亘古不变的万里长沙中，却有着一个令死神都无可奈何的不老传奇，那就是胡杨！

　　胡杨，没有河边垂柳的娇柔、村落里榆树的粗犷、公路边白杨的笔直，却具有和松柏一样的倔强、一样的坚韧、一样的承担着千古的寂寞！可胡杨却不屑这千年的寂寞，凭借着它那顽强的生命力，在荒芜的沙漠中度过一个又一个千年！它不像松柏那样声名显赫，但它却毫不介意，默默地为大漠披上一层绿妆，不求一丝回报。

　　它无法感受春的烂漫、夏的奔放、秋的成熟、冬的萧瑟，陪伴它的只有无边无际的沙漠以及那辛辣的阳光，但这些远远不足以让它低头。我赞叹胡杨的精神，不畏艰苦，不轻易认输的精神！如果我们也是如此，何惧人生道路上的风雨、挫折？

　　我赞美胡杨，赞美它那承受酷热的阳光，千古的寂寞而不流一滴眼泪、赞美它那默默奉献、不求回报的精神！它仿佛在和沙漠宣战，证明自己生命的强大——活着一千年不死，死后一千年不倒，倒下一千年不朽！无论有多大的风沙，它总能承受得了，即使干旱，百年之内若有雨水，它便会再次长出新芽！

胡杨，愿你的精神在世间永存！

梅　花

　　冬天，在狂风的怒吼里，曾经争奇斗艳的花木尽失颜色；唯独梅花，不畏冬天的寒冷，挺立在严寒之中，绽放出美丽、纯洁的花朵。

　　梅花虽然不及牡丹的国色天香，月季的娇艳浮华，玫瑰的姹紫嫣红，荷花的高贵典雅，但是，我却喜欢梅花敢于凌霜傲雪的风骨。

　　梅花，丰富了冬天的色彩，哪怕在远处，人们依然可以看到她绰约的身姿，美艳的花朵。雪依然下着，风依旧刮着，万里雪飘的季节，只有梅花傲然怒放。一朵朵美艳的小花，白的像雪，红的似火，粉的像霞……在寒风中凛然站立。细细一闻，一股香气迎面扑来，顿时感到心旷神怡。

　　春天，是百花齐放的季节，然而梅花却凋谢了。它不和百花争热闹，也不屑与众花攀美艳。百花拥有的不过一个春季，它却可以独有整个冬季。孰优孰劣，孰高孰下，不言自明。

　　梅花是我们中华民族的精神象征，每一个有品位的国人都渴望拥有梅花的品质。梅花象征坚韧不拔、不屈不挠、自强不息的精神品质，但是梅花却也承担着千古的寂寞！可是，那些不甘寂寞的人，却想借着梅花的品质，让自己伟大起来、崇高起来，这是何等的自私和愚昧啊！

　　生活中不免风霜雨雪，我们应该从梅花的精神中汲取力量，彰显生命真谛：坚韧不拔、百折不挠、自强不息。这种品质，会让我们突破重重困难，勇敢地去面对前进路上的挫折，迎来生命中的春天。

　　梅花，永远是我的最爱。

猴子和螃蟹

从前，有一只猴子和一只螃蟹，他们是一对非常好的朋友。

有一次，他们在清澈见底的小河边散步，样子很是惬意。走着走着，猴子忽然发现了一个桃子，他迫不及待地捡起来看都不看身边的螃蟹一眼，连核儿带皮儿一口吞了下去。本来心情大好的螃蟹，看见猴子贪吃的嘴脸，心里又气又难过，心想：猴子猴子，你到底还把我当成好朋友吗？可转念又想：猴子天生爱吃桃子，他考虑到我并不爱吃桃子才不与我分享，也无可厚非啊。

螃蟹心里尽管这样想，可话说回来，他也想快些捡到个桃子。于是他低头一个劲地往前跑，跑着跑着，虽没找到桃子，却发现了一颗柿子籽。他洋洋得意地捡起来，刚想吞到嘴里，突然想起猴子来，就热情地问他吃不吃，猴子气愤地说："我？你还不了解吗？我从来不吃这些乱七八糟的东西。"螃蟹苦苦笑了笑，转念却想：如果我把这粒柿子籽种在地里，那么几年后我不就有吃不完的柿子吗？于是，螃蟹小心翼翼地将柿子籽放进了口袋。

回到家后，螃蟹急急忙忙把柿子籽种进了地里。日子一天天过去，可就是不见芽儿破土而出，本来满怀期待的螃蟹这下子着急了，于是虔诚地祈祷道："小种子啊，你快发芽吧！"皇天不负有心人，还在做着美梦的柿子籽苏醒过来，一夜之间长出了可爱的小芽儿。

螃蟹手舞足蹈地又祈祷道："树啊树啊，你快长大吧！"树真的长大了！螃蟹又说："树啊树啊，你快结果子吧！"于是树就结出了许多大柿子。

螃蟹看着满树的果实，非常高兴，他想："我一定要把这份快乐分享给我的朋友"，于是他就把猴子请到了家里。

猴子到了螃蟹家，看着满树的果实，心里后悔极了，心想，如果我当时也学螃蟹把桃子种在地里，也许现在我就有吃不尽的桃子了。

从此以后，猴子再也不贪吃了。

两只狗

  我家养了一只拉不拉多。我给它取名为豆豆。豆豆长有一张瓜子脸，脸上长着一双炯炯有神闪着梦幻般蓝色的大眼睛，小巧的嘴边还竖着几根神气的胡须。它身上长满了奶白色的毛，肥嘟嘟的，像极了可爱的皮球儿。它每次见到我总是欢快地摇几下尾巴。看到它摇头摆尾的样子，真是可爱至极。

  邻居家也养了一只拉不拉多，名叫小虎。出于对豆豆的喜爱，我一直非常讨厌小虎。瞧，小东西脸型近似椭圆，勉强也能看得过去，至于那双黄中略带白色的小眼睛总是一幅无精打采的样子。别看它长得难看，性情也是古怪得很，每天早上总会到我家东张西望，摆出一副飞扬跋扈的样子，不知搞啥明堂。一次，我想摸摸它，反倒被它狠狠地咬了一口，从此以后我更讨厌它了，见它就打。这小虎还挺机灵的，每次老远看见我撒腿就跑，真真一副"丧家之狗"的模样。

  我越讨厌邻居家的狗，就越喜欢我们家豆豆，每天我都会省下好吃的东西喂它。终于有一天，爸爸和奶奶看不下去了，便对我说："以后别再娇惯豆豆了，正如娇生惯养的孩子长不出能耐来一样，狗也不会强到哪里去。"我听后不以为然，依然我行我素。

  豆豆在我一天天的娇惯下，体型逐渐臃肿起来，跑得也越来越慢，性情中野性的一面悄然退去，温驯的一面不断潜滋暗长。我对豆豆的体型和性格的变化不以为意，直到一件事情的发生，我才彻底意识到问题的严重性。

一天夜里，我家闯进来一个小偷。这小偷十分厉害，悄无声息地就把我们家的门撬开了。当时我们家人都在睡梦中，丝毫没有察觉，可不一会儿就听见一阵尖利的狗叫声。爸爸一下子惊醒过来，去外面一看，邻居家的狗——小虎，正在咬小偷的腿，小偷看见有人出来，脸色当即吓白了，一脚踹开小虎，慌不择路地夺门而去。小虎追到了门外，嗷嗷地叫着。这时我也穿上衣服出来了，才发现豆豆竟躲在门后小声哀鸣，浑身战栗不止，仿佛受了惊吓。走到门外再见厉声嗥叫的小虎，我竟不知说什么好。

从此，我再也不讨厌小虎，再也不娇惯豆豆了。每当豆豆缠我时，我就说："去，跟小虎学学！"

水果王国

　　从前有个庞大的水果王国，它们和人类社会一样，居住着无数子民。传说在女娲时代，那些被捏出来的小黄人觉得世界上只有男人和女人，实在是单调至极。于是，他们便从采撷五色石的大坑里偷偷捡了一些粉末状的菱形颗粒，然后在满天星辉的夜晚，放在了一棵称作"果树"的神树根下。斗转星移，江河行地，"果树"神仙的根下竟长出了数十棵小秧苗，神仙开怀大笑，指着其中一棵长满细刺的秧苗说道"你就叫菠萝吧"，佛祖有云"般若波罗蜜"，你以后就沾沾禅机吧。随后，神仙又给其他秧苗各自按照其秉性、长相起了不同的名字，有香橙、青苹果、水蜜桃、草莓、葡萄、火龙果、甘蔗、绿甘蔗等等。它们也有爱美之心，于是又有了各自的美称：菠萝叫菠萝吹雪，香橙叫橙留香，青苹果叫陆小果，水蜜桃叫梨花诗，草莓叫上官子怡，葡萄叫花如意，火龙果叫东方求败。甘蔗有兄弟四人，老大叫天下无贼，老二叫乱臣贼子，老三叫认贼作父，老四叫贼眉鼠眼。还有绿甘蔗叫小果丁，最小个的菠萝叫作菠萝小薇。

　　它们长期居住在一起，矛盾渐渐显露出来，先是斗嘴，后来竟然分了帮派：一派的队长是菠萝吹雪，另一派的队长是江东的主管梨花诗，还有一派的队长是江西的丞相东方求败。

　　它们的手上各自有着祖宗们传下来的制胜法宝，菠萝吹雪手上有黄色莲蓬，梨花诗手上有粉色莲蓬，东方求败手上有蓝色莲蓬。

　　菠萝吹雪他们会召唤果宝机甲，而梨花诗、东方求败同样拥有此武器。由于菠萝吹雪表示正义的一方，他们调动"仁、义、礼、智、信"五大臣子在短短一天时间便攻上了花果山，但东方求败是花果山的守护者，所以双方在此僵持了数月。

　　不分伯仲的战争让双方都很着急，终于在某天日出之前，菠萝吹雪、橙留香、陆小果、梨花诗、上官子怡、花如意，还有小果丁商量后找东方求败他们亲自作战。战争相当激烈，地动山摇，黑云滚滚，就连不周山脚下的共工神仙也为之震惊。就在这紧要关头，在花果山第六层的花果高峰上，疯清扬灵机一动，计上心来，吩咐大家把各自的莲蓬放入荷花池中，奇迹出现了，七色彩蓬长了出来，可就在这时出现了一个人类叫作龟太公。他扬言要毁灭整个水果王国，因为他看不惯水果们虚伪好斗的样子。没想到，菠萝吹雪首先放下武器，主动认错。东方不败他们看到自家兄弟伤亡惨重，于是也只好低头作罢。

　　龟太公看着战火熄灭，和平重驻，露出了会心的笑容。从此，水果王国再也无战争，他们从此联姻示好，过上了富足安乐的生活。

沙僧借钱记

自从唐僧师徒完成西天取经大业回唐后，均耐不住青灯古佛之寂寞，先后纷纷下海经商。唐僧凭借自己饱读诗书的优势，写出一部又一部畅销书，然后再接再厉创立了唐三藏文化公司；孙悟空依靠自己擅长玩乐的优势，创立了花果山旅游文化公司，游客们去后一个个都流连忘返，连懒惰的猪八戒也回到高老庄，经办起一家食品有限公司。

现在就剩下憨厚老实的沙僧了，沙僧由于人老实，便到师父那儿打工，当了个保安队长，每天跑东跑西也挣不了几个钱。一天，白龙马来找沙僧喝酒，见他始终愁眉不展，白龙马就问他："老兄你有什么打算吗？"沙僧说："我也想开办一家自己的公司，像师父、师兄们那样。"顿了顿又无奈地说："可是没有钱啊！"

"没有钱可以借，在商场上混你需要懂得借力，来，我来教你个秘诀。"接着他附在沙僧耳朵上交代一番，沙僧连声称妙。

按照白龙马的话，沙僧首先来到唐僧的办公室，沙僧一见到师傅，突然悲从中来，哽咽道："师傅，我跟你不远万里去西天取经，一路上斩妖除魔，挑担喂马，饱经风霜，没有功劳，但总有些苦劳吧！如今大师兄和二师兄生意都做得风生水起，红红火火，而我却依然贫苦。对我们仨，师傅你向来一视同仁，眼见大徒弟和二徒弟

15

日进斗金，都富贵了。你该不会置小徒弟贫贱而不予理睬吧？"唐僧明白了沙僧的来意，却不温不火地说："你在为师手下做保安队长，着实委屈了你。可你的师兄们做生意也没有来为师处讨要过资金啊！"沙僧见唐僧无借钱意向，心里一冷，却不依不饶："俩师兄一个是齐天大圣，一个是天蓬元帅，人脉甚广，本领也强，哪里是小徒比得了的。"唐僧心想小徒弟说的也确实在理，悲悯之心顿生，就说："念在你鞍前马后虔诚侍奉为师的份上，为师就帮你一把，暂且借你五十金助你创办家物流公司吧！"沙僧喜从天降，赶紧顿首拜了又拜，倏忽想起白龙马的话，又说："谢谢师傅鼎力相助，小徒定当竭尽心力，创办好物流公司。可是小徒还有一事相求，望师傅能够答应。"不等唐僧搭腔，他便兀自说道："近闻俩师兄生意兴隆，师傅可否为小徒写封信件，让俩师兄关键时刻勿忘资助小徒一把。"唐僧心想这有何难，提笔唰唰几下就写好信件，交予沙僧。

沙僧手里揣着信件，兜里揣着金子，心里揣着想法，直奔花果山。找到孙悟空，讲明借款来意，还没等出示师傅的信，孙悟空便决定借给他三十金资助他，手里握着三十金，沙僧感慨地说："大兄弟，你真仗义，在我心中，你永远是无所不能的齐天大圣。"

沙僧来到猪八戒的食品公司，却碰了个软钉子。猪八戒起初躲着不见，后又推脱没有宽裕资金。沙僧无奈之下只得拿出师傅劝说猪八戒资助自己的信，碍于师傅的面子，吝啬鬼猪八戒最终还是借予沙僧二十金。

沙僧的借钱之路并不平坦，可结果却出奇地好。手握百金，沙僧感慨万千，心想白龙马的话真是太妙了。三个月后，物流公司正式营业了，看着堆积如山的快递，沙僧再次想起白龙马的话"若想白手起家，就要懂得借力"。

彩色的未来

　　漫步在繁花似锦的街头巷尾，望着如潮水般涌动的人群，我看到他们写满疲惫的身躯，挂满匆忙的神色，他们仿佛从未憧憬过未来。于他们而言，未来，似乎好缥缈、好迷离，若灰色般毫无生机。掩头沉思，我的人生画卷里似乎也尚未对"未来"有过认真描绘。未来是崭新的，它像精灵般迈着轻盈的猫步闯进你的世界，继而带给你许多遐想。未来，应该是跟海一样蓝、像天一样广、像花一样纯洁的地方吧。

　　我给自己的未来在某个午后阳光明媚的时刻终于大胆地涂抹上了梦寐以求的色彩。

　　我的未来是蓝色的，因为我要成为一位伟大的宇宙探索家。我找到了外星人居住之地，他们的外貌语言是那么的神奇；我找到了适宜我们地球人居住的另外一颗星球，那里有类似地球上的大气、适宜的气温和清澈的水。宇宙之谜，在我的探索下，抽丝剥茧，层层揭开，人们将因我的存在，不再畏惧未知。

　　我的未来是白色的，因为我要成为一位伟大的医学家。我对艾滋病已经了如指掌，我轻而易举地将艾滋病病毒一网打尽，让它们再无藏匿生存之地；"非典"在我面前变成发烧感冒类的小病，几片药片便可驱赶"非典"带来的痛苦；我还发明了高科技的测病器，它可以随时随地检测到我们的健康状况。我将在医学界里享有盛名，成为泰斗，世界各地的医学家都来向我请教。

我的未来是红色的，因为我要成为一位伟大的发明家。我国各族人民都会使用我发明的东西，我的发明也将走向世界，最终连联合国秘书长都会夸我的发明好；我经常收到外国人寄来的感谢信，甚至有一些人不远万里专程登门向我表示感谢，我已经拥有十多万项发明专利！

我的未来是黄色的，因为我要成为一位伟大的国家领袖。我领导着我的子民拼搏前进，战胜一个又一个困难。俗话说："人不犯我，我不犯人。人若犯我，我必犯人。"在我的领导下，我的国家将安定和睦，我的子民将安居乐业，就像孟子所言"老吾老以及人之老，幼吾幼以及人之幼"。

还有，还有，我的未来是粉色的，我要成为一名花匠；我的未来是紫色的，我要成为一名服装设计者。啊，太多，太多了！

未来会是多彩的，所有迷茫从此都落幕，明天，一切都开始了。

原来，我也拥有这么多

　　我们总是盲目地羡慕别人。羡慕别人的聪明伶俐，可以讨父母和老师的欢心；羡慕别人的伶牙俐齿，可以在任何场合永不示弱；羡慕别人的不畏强权，可以与强大的势力做斗争。只是，我们在羡慕中忘记了身边的美好。我们遗忘了荷花池里优哉游哉的小鱼，错过了苍穹中云卷云舒的变化；我们遗忘了夏日新鲜的清晨，错过了秋水共长天一色的秋霞；我们遗忘了努力拼搏的品格，错过了梦想实现的机遇。就这样，我们羡慕着别人，走丢了自己。

　　可是，有一件事改变了我愁羡他人的眼光，它让我明白：原来，我也拥有这么多。

　　我的爸爸妈妈，为了生存选择在外地工作，很少回家，所以在我的心里总感觉别人比我多点儿什么似的，当我走在马路上，看到别的孩子和他父母又说又笑，我就会难过地忍不住流泪。"爸、妈，你们什么时候才能回来陪我？"我在心里一遍遍呐喊。这种羡慕让我更加惆怅，我甚至希望自己成为一朵云，这样就可以自由自在地看着父母工作了。可绵厚的云儿停在半空，一阵微风吹过，云儿抽成几缕细丝，进而转为平静，似乎一切都无法引起天空的波澜。而我只能在原地，一边羡慕，一边想念。

　　可是，在一次和爸爸妈妈逛街的时候，我无意间看到了一个无家可归的孩子。他穿着一件脏兮兮且破旧的衣服，蹲在街头，无精打采地看着来往行人。看到这里，我恍然大悟，突然觉得，我是这世界上最幸福的孩子。

爸爸妈妈在外打工，面朝钢筋背朝天，很不容易，他们不知道在烈日下、在寒风中洒过多少汗水，而这一切，完全是为了我将来的幸福生活，世界上还有什么能比这份爱更沉重、更伟大呢？

我想，我以前的想法实在是太天真、太幼稚了，爸爸妈妈不是不关心我，而是为了让我拥有得更多。

通过这件事，我真正体会到了亲情的伟大，体会到了有家的温暖，原来，我也拥有这么多。

推开那扇门

我和父亲已经冷战三天了，我住西屋，父亲住东屋，中间隔着的那间客厅成了不可逾越的鸿沟。尽管和父亲仅有咫尺之远，可三天来我一直负气不同他说一句话。说实在的，想到他三天前对我的态度，我都生发了离家出走的念头。

父亲性格粗糙，不善言谈，整个人木讷得简直像根木头。平时不怎么关爱我也就算了，没想到他竟因在我看来只是一件微不足道的小事而对我大打出手。现在想来我仍然感到愤慨不已。

我就纳闷了，别人家的孩子可以初中甫一毕业就去社会上打拼，凭什么我不可以？在这我简单说下自己，我从小就不爱学习，不爱思考，不愿意过规规矩矩的生活，就想象可以如汉代的班超那样"立功异域，博个千里封侯"。因此我的学习成绩向来一般，小学的时候就是这么混混沌沌地走完了，不想甫入初一，一向不善言谈、极少有时间管教我的父亲竟然对我的学习"粗暴"干预。我这人也好脾气，任他说什么"读书可以改变命运"的话语不予理睬。然而，我对未来一切美好的幻想，统统破裂于三天前的那几个响亮的巴掌。

三天前，我一本正经地向父亲阐明了我对未来的构想，不想他没有等我说完就以迅雷不及掩耳之势抽了我几巴掌。当时我涕泪横流，整张脸都火辣辣的。于是，我决定再也不和他说一句话，要冷战到底！

　　然而今天发生的事我做梦都想不到。我们学校的校长和班主任纷纷造访我家。一向不可一世的校长大人竟然苦口婆心地劝我好好学习，甚至夸我聪明伶俐，是个可塑之才。我听后不为所动。一向板着冰块脸的班主任竟然也和蔼可亲地表扬我在劳动课上的积极。我对此嗤之以鼻。看着校长和班主任一如父亲般拿我毫无办法，我洋洋自得的表情写满脸上。然而，校长离开我们家时说的那番话彻底改变了我的初衷。他恨铁不成钢地说道："我和你父亲是初中同学，初中毕业后，你父亲毅然辍学，而我坚持上学。你要明白，我的成绩远没有你父亲当年好！"然后，扬长而去，父亲沉默不语，咣当一声将门关上了。

　　我如木鸡般呆站在那里，父亲的落魄和校长的光鲜简直有云泥之差。我终于明白父亲为何对我大打出手了。我错了，我要向父亲道歉！想到这，我毅然推开父亲的屋门，大声说："爸，我错了！"父亲转过身，老泪纵横地说："推不开学习的那扇门，你又怎能推开人生的大门！"

　　我哽咽着，投进了父亲的怀抱。此时，屋外的夜色宁静祥和，一如我和父亲的心情。

畅想未来

　　未来，是一叶优雅的扁舟，承载着今日的汗水与希冀，带着我们驶向成功的彼岸；未来，是一条广阔的大路，保留着过往的足迹与拼搏，指给我们迈向灿烂的明天；未来，是一颗耀眼的星星，闪亮着昔日的泪光与憧憬，告诉我们走向辉煌的天际。对未来保留一丝畅想、一份动力，你我在漫漫征途中便不再迷惘，也不再彷徨。

　　每个人都有自己的未来，而我所畅想的未来，脚下有路，路上有灯，灯旁有花，花上有蜜蜂，是一个布满春光、夏花、秋霞、冬雪的地方。

　　首先，我想考上心仪的名牌学校，与风华正茂的同学们认真记下每个灿烂的日子，与知识渊博的老师们谈论圣贤们留存下来的智慧。我想毕业后有一份心仪的工作，执着坚强地完成上级交给的任务，即使受到批评也不气馁。我要学习史泰龙的精神、俞敏洪的坚持、周星驰的灵活，去收获一份别样的人生。

　　其次，我想拥有超能力，与杨利伟一样登上太空，与科考队员一样度过漫长极夜，与伯森·汉姆一起徒手攀上纽约帝国大厦的顶层。我想在这超能力的背后，是他们的不懈与坚持，是克服今日恐惧，把奇迹创造给明天的信念。

　　当我在欢快地畅想未来时，我心灵上厚重的积灰仿佛一扫而空，心中有了明朗与快意。我知道，未来就在我手中！

这一次，我没有放弃

什么叫"放弃"？在我看来，做事过程中遇到困难就打退堂鼓，甚至索性不干了，即为"放弃"。

说来真是惭愧，尽管我充分认识到"放弃"的危害，可是十几年来，我做的许多事仍然是虎头蛇尾，不了了之。至今让我感到自豪的是滑冰一事，尽管当时困难重重，但我终于没有放弃。

我上六年级时还不会滑冰，爸爸妈妈见别人家孩子在滑冰场健步如飞的潇洒模样，不无惋惜地说："都这么大了，还不会滑冰，你看别人家孩子滑得多好啊！滑姿流畅洒脱又不失优美，啧啧！——想到两年前你就哭着喊着滑冰，我们马上给你买了双滑冰鞋。可是你做事一向只有三分钟的热度，摔了几跤后你就放弃。唉，如今真不知道说你什么好！"听了他们的话，我有一肚子牢骚，就想："设想，不会滑冰也没什么大不了，眼馋了就去看别人滑呗！又不是人人都会滑冰，你们这样说我，敢情你们会？己所不欲，勿施于人。"但是这些心里话又不能向他们说，总不能反驳他们吧。可我转念一想，他们说的也对，于是说"我练"。

由于之前在滑冰时我没少摔跤，所以这次再学仍然心有余悸。可是在爸妈面前，我装出很大胆的样子。不成想，刚穿着滑冰鞋就重复地和大地来了次亲密接吻，于是我又有了打退堂鼓的念头。回过头，刚好看到爸妈既心疼又似乎在鼓励的眼神，我暗暗鼓足勇气，决定从头再来。从小到大，我很少能够把一件事坚持到底。面对困难选择退缩，俨然已成为我的处事风格。"一两次的失败算得了什么？唯有意志坚定的人，才能品尝到成功的滋味。我要改变，我不要做一个令爸妈失望的孩子。"我在心里默默下着决心。

当一个人全副武装地投入到一件事情中的时候，时间会过得特别快，进步也会特别大。经过一下午的练习，我终于掌握了滑冰的基本动作要领。

不想，当我拖着疲惫的身体一瘸一拐地走到妈妈面前时，妈妈却说："你的表现真是令我太激动了。来，快让妈妈看看，哪里青了？哪里肿了？"说着，妈妈赶紧弯下腰去看我的腿，我竟感动得不知说什么好。

夕阳下，米黄色的暖光透过空气中的尘埃粒子照到我和爸妈的脸上，我仿佛重生了一般。我仿佛看到那个熟练滑着冰鞋的孩子微笑着向我走来。

同学的电话

　　昨天，接到一个失去联系将近三年的初中同学的电话。电话中，她说仍旧记得初一时，穿着特像男生的我每次下课都在教室里、楼道里疯跑，给大家发作业本，在语文课上相当爱捣乱，以致其他同学都没有机会开口答题。这才想起来，那时的我，还是个少不更事的小孩子，性格大大咧咧，说话心直口快，整天追着同学跑，跟他们一起疯，一起闹。现在呢，曾经要好的朋友有些已不知去向。我也不会再追着同学跑圈圈，更不会粗声大气讲个没完。几年的时间，当年那个如风少年郎已被磨去了野性，开始明白这个大千世界的演变节奏。

　　挂掉电话，大脑里全是初中时的事情。

　　最不能忘记的便是那时的一个男同桌，这家伙数学相当好，大大的眼睛，个头不高，深深的酒窝，笑起来眯着眼睛，煞是好看。

　　记得有一次上完体育课，太阳努力地散布着已略具毒辣的光芒，这个家伙把手掌按在我的脑袋上，说要给我做帽子。我大怒，使劲儿推搡他，没好气地说道："不准压我头，再压我就不长个子了。"他却说："不长没关系，我可以缩。"说着，便弯下腰，缩到比我的脑袋还低。现在想想实在有趣。还有一次，这家伙穿着一件黑色的外套。数学老师在上课，他却突然拉开拉锁儿，小声地说道："看！

羡慕吧?"天哪,全是蜡笔小新类的贴纸!我记得那次数学课说什么也听不进去了,满脑子都是蜡笔小新、海贼王、美少女战士、黑猫警长。下课后老师留的作业一道也不会,被数学老师狠狠地批评了一顿。放学后我把他从教学楼的三层追打到操场。好景不长,班主任觉得我俩上课总爱玩,开完家长会便调开了。他曾说,和我这种人做同桌肯定是要倒霉的,不料想"恶梦"变成了现实。班里一个女生喜欢上了他,他躲来躲去最后还是栽倒在那女生的魔爪之下。当时看着他痛苦地被那女生缠得要死的表情,我却高兴地一副小人得志的样子拍着他的肩膀说:"哼哼,这就是你的下场!"上课他给我传了个纸条,大概意思是说"别得意,不同桌,我照样可以收拾你"之类的话。于是有一段时间上早操,他都会选择一个离我较近的地方,对我横眉竖眼,下操后,我俩便追打起来。初中,就在我和他不断的较量中度过。当然这种较量并无恶意,只是友谊进一步加深了。

再后来,我不断地更换同桌,不断地更换学校,大家去了不同的县城读高中,虽然通过几封信,但也渐渐不联系了。

想起这些事,作些文字,倦而抬头,身后一缕阳光照在我的身上。

我也拥有这么多

我们出生时就已拥有许多，我们拥有了新的生命、家庭、朋友，甚至整个世界，然而我们却没有意识到原来我们拥有那么多。

有一次，好友向我夸耀他父母刚给他买的新礼物——变形金刚。这可是我做梦都想得到的礼物。我听到他的声声骄傲，羡慕不已。想想他拥有那么多，而自己却连个礼物都很难得到，自己拥有的那么少，心情不禁由晴好转向阴雨。

回到家，父亲见我闷闷不乐，拉起我的手耐心询问后说："孩子，当你出生时，你就拥有了许多，你想想啊，你拥有健康的身体，拥有健全的四肢，你能奔跑，你能欢笑，你有爱你的爸爸、妈妈、爷爷、奶奶，还有教育你的好老师。这世上有多少和你同龄的孩子未能如你一般幸运，有多少人被疾病缠身，失去了上学的机会。你每年都会收到许多礼物，可是很多孩子一年到头收到支铅笔就笑开花了。"我听后欲言又止，安静地回到自己的卧室，仔细琢磨父亲的话。

是啊，我为什么因为好友拥有了变形金刚就觉得他拥有的多而自己少呢？这就是欲望啊。有道是："不见可欲，则使心不乱。"我要放下欲望，解放心灵，让它沐浴在爱的阳光与花香中。生活原本如此美丽，多姿绚烂，我要擦亮自己被迷雾笼罩的双眼，从此之后，天蓝水清，山高水远。

街角的卖橘人

　　周末如期而至，好友打电话来约我一同去学校旁的鑫盛大厦购物，我也正想，闷在家里看书写作业颇多无聊，所以电话一来，正中心意。本来欲要我把爷爷家楼下的几把椅子拿上来的妈妈见我一副急不可耐的样子，只得摆摆手随我而去。

　　因为不愿意走路，朋友建议打的，虽然车费有些高，我还是满心欢喜地叫了出租车来到鑫盛大厦购物中心。"酸甜可口的橘子喽，个大好看的橘子喽。"刚下车，一阵老人的叫卖声便将我吸引了过去。要知道，橘子是我最爱吃的水果。"老奶奶，你家橘子长得这么好，给我来两斤。"说着，我就拿出了钱。没想到同伴见到那双粗糙略黑的手，说什么也不愿意买老奶奶的橘子。"喂，你看她那手，那么脏；再看她那车，小破三轮车，多不卫生。咱还是走吧，多掉价呀。"朋友在我耳边嘀咕道。我这才注意到，老人一身灰布棉袄棉裤，上面多有污渍，且衣角的地方略见露出的棉絮，头发灰白，额头的皱纹如道道车痕，有些晕花的眼睛不时地眨动着。老人似乎注意到了我在打量她，不慌不忙地说道："庄稼人是脏了点儿，可我这橘子是自家树上的，没打过农药，挺甜呢。来，我给你俩尝一个。"说着，她那双带着厚厚茧子的手从一个干净的塑料袋里拿出水果刀来，利索地将一个又大又黄的橘子切成两半，热情地递给我和我朋友："来，孩子，吃吧，很甜呢。"我同伴本就讨厌她那脏脏的打扮，这下见她手握着半边橘子，不觉甚为恶心，说什么也不接过这半边橘子，老人尴尬地站在那儿，没说什么。待称好二斤橘子，我和朋友像逃离瘟疫一样逃离了老人，剩那两半橘子呆呆地处在老人的塑料袋上。

"哎呀，你怎么非要买她的橘子？这种农村人尽会骗些小孩子，尤其是你这样善良的小孩子。她们家的橘子绝对打农药，并且会打很多保鲜农药！"朋友振振有词并略带责备的口吻说道。我愣住了，看老人的样子绝非是朋友所说之人，她小小年纪怎会有如此判断。于是，我打赌说："今天咱俩赌一把吧，咱现在就找个老人看不见我们但我们可以观察到她的地方来看看她是什么样的人。我赢了，你把那橘子吃了，同时也买两斤；我输了，任你处置。""好，一言为定！"我和朋友相视而笑。

"酣甜可口的橘子喽，个大好看的橘子喽。"当我和朋友站在星巴克咖啡馆的门口时，声后又传来老人的叫卖声。只见一位中年妇女领着一个小孩子走到她面前，"老人家，这么冷的天还在卖橘子啊，来，给我来两斤。"老太太听后摇摇头，"天不算冷，比去年好，今年还有四亩多地就卖完啦。我老伴去年摘橘子不小心折了腿，所以我就来卖啦。""老人家，你家孩子呢？""哎呀，他们工作忙，都在外地，每年过个节才回家，我们老了不能再给他们添麻烦喽。"这位中年妇女听后，又道："老人家，给我来五斤吧，公司同事多，也让大家尝个鲜。"老人笑得合不拢嘴，又忙称了三斤。同时，她捡了个又大又甜的橘子放到小孩的手中，乐呵呵地道："孩子，吃吧，让你妈妈给剥剥。"中年妇女说什么非要从那五斤中拿出一个放在三轮车上，老人执意不让放，最后，中年妇女拉着蹦蹦跳跳的孩子开心地走了。老人站在寒风中，望着远去的母子，嘴里唠叨着什么。

　　"你看，刚才那位阿姨和小朋友都不嫌弃，你输了吧?"朋友低下头，脸有点红，沉默不语。见此，我拉起他，勇敢地朝老人走去。

金无足赤　人无完人

碧波荡漾，微风习习，白帆鼓风而起，带动船儿前行；

风平浪静，日近黄昏，木桨逆波而行，引领船儿返航。

白帆嘲笑顺流时躺在船舷旁的木桨没有本事，木桨嘲笑逆流时闲置在一旁的白帆没有能力。其实，二者大可不必相互揶揄。白帆与木桨就像生活中能力不同、擅长技能也不同的两个人。彼此工作在一起，相辅相成，谁也离不开谁，可又相互瞧不起。但是，金无足赤，人无完人，须用欣赏的眼光来正视他人。

戴嵩，古代画牛圣手。在一次晒画过程中，一位牧童当着众人的面指出戴嵩将牛尾甩动的方向画错了。"斗牛者尾于两股之间"，一语道破此画的弊端。戴嵩画牛最为出色，举世闻名，与韩干并称"韩马戴牛"，难道他的画技不如一位牧童吗？不，如果让牧童画牛，其画技必比不过戴嵩。只是因为两人所擅长的不同，所谓："耕当问奴，织当问婢。"从此，戴嵩更加留心观察牛的一些细节，把牛画得更为传神。正是因为戴嵩用欣赏的眼光看待牧童的善意、提醒，认识到自身存在的不足，所以他在艺术造诣上更上一层楼。相反，如果戴嵩因牧童当众指出自己不足而斥骂牧童，不懂得欣赏牧童的细心善意观察，那他在通往艺术的道路上，想必会南辕北辙。

金无足赤，人无完人。欣赏如光，照亮通往艺术的路。

杨振宁，早年专注于物理实验，但屡屡失败。被人戏称为"哪有爆炸，哪有杨振宁"。难道种种失败，种种"爆炸"就能打败他吗？当然不能，他认识到自身的不足，明白在物理实验领域自己根本做不到尽善尽美，于是，转入自己较擅长的理论研究中，终于找到一条通往成功的必经之路，自身价值也因此得以实现，并最终获得了诺贝尔物理学奖。相反，若他执迷不悟，身陷实验研究中，怎会有现在的成就与辉煌？可见，每个人各有优缺点，唯有找出自身的优缺点，并予以理性地扬弃，方能成功。

金无足赤，人无完人。认清自我如阳，融化成功路上的坚冰。

爱迪生善发明，爱因斯坦善理论，若硬要爱因斯坦搞发明，爱迪生研究理论，人类文明进程恐怕要延缓几百年。导弹虽能炮轰千里，打蚊蝇却不如蝇拍；纳米虽能精确量取微小东西的尺寸，却量不了人生的长度；黄金虽好，买不来时光……

朝阳中，木桨为白帆加油，鼓舞它前行；斜辉里，白帆为木桨喝彩，鼓励它奋进。让各有优缺的我们互相欣赏，互相指引，认清自我，在人生路上纵横前行！

在梦想之野开出希望之花

帕斯卡尔曾说过："人虽是一棵脆弱的芦苇，但却是一棵会思想的芦苇。"此论甚是。人因为有思想才会有憧憬，有了憧憬也就有了梦想。我们生活在现实与未来之间，梦想是我们永远脱不掉的红舞鞋。拥有梦想，可以使我们拥有前进的方向和不屈的信念，即使别人对你有怎样的否定与嘲笑，你都会无所顾虑，一心一意去编织你的梦想。

如果没有梦想，生活就如同空中楼阁，无论怎样建造，都只是海市蜃楼；如果没有梦想，生活就如同干涸土地里的种子，无论怎样耕耘，都是空壳一只。

松下电器的老总松下幸之助在还是不名一文的穷小子时就写下了未来一百五十年的梦想，当别人的嘲笑、蔑视如潮水般向他涌来时，他全然不顾，只为他的梦想日夜奋斗着。虽然松下幸之助只活了九十一岁，还未完成他全部的构想，但松下电器在国际上的声誉足以证明梦想给予他的力量。

被称为"宇宙之王"的广义相对论物理学家霍金，在他二十一岁时被卢伽雷氏症夺走了健康。他没有放弃，他为他的梦想日夜奋斗。他在除却几个手指头全身都处于瘫痪状态的情况下，洞穿理论物理学的一切屏障，一部《时间简史》勾勒出从大爆炸到黑洞的宇宙历史，向我们展示了他超人的想象力和美妙的科学灵感。是梦想成就了他，提升了他的生命质量，完成人类历史几个世纪的跋涉。

　　然而，对梦想的主宰必须是正确的，否则，那只是借了梦想的名，早已改变了主宰梦想的本质意义。

　　四十四岁之前的苏轼，把自己定位为一个赛跑者，一个在仕途上不屈不挠的梦想者，他想在短短几年内用最快的速度完成人生的飞跃，实现居庙堂之高的凌云壮志。但不幸的是，他的梦想主宰注定他将背负满身的凄凉，乌台诗案将他的人生规划彻底打乱。他在孤独、寂寞、荒凉的人生晚年终于悟出"盖将自其变者而观之，则天地曾不能以一瞬；自其不变者而观之，则物与我皆无尽也"。

　　山间的溪流并不因大海就在脚下而停止歌唱，夜空的星星并不因月亮就在身旁而停止眨眼，云间的小鸟并不因雄鹰就在眼前而畏惧飞翔。同样，我们也不能因梦想远大和他人的否定而放弃自己的梦想，要坚信，梦想之花定会有绽放的那一天，而且更加纷繁绝艳。

　　我的梦想我主宰！脆弱的翅膀经不住任何风雨，没有梦想的人生仿佛是用痛苦、失败、迷惘编织成的茧。我们不能作茧自缚，我们要正确地对待梦想，不放弃，不偏执，让我们在梦想之野开出最娇艳的花吧，扮靓这个世界，点亮你我人生！

尺有所短　寸有所长

　　顺风而行时，船只须依靠风帆，逆风而行时，风帆似乎成了摆设。这时船桨对船的行驶将起到莫大的作用。此理，由物及人，概莫能外。

　　大千世界中，每个人都有各自的长处，也有各自的短处，正所谓"尺有所短，寸有所长"。

　　枭雄曹操在三国时期其陆战能力可谓无人能及，他率领精兵悍将荡平北方诸强，定鼎中原，正可谓长，可在赤壁之下，却被周郎于谈笑间打得一败涂地。曹操扫平冀幽青衮四州，其长处彰显得淋漓尽致，而面对滚滚长江，他不通水战的短处也因此暴露无遗！

　　大作家马克·吐温也有一段鲜为人知的苦难日子。他屡次经商屡次失败，看到人投资股票他也跟风去投结果屡屡血本无归。后来，他避开了自己从商的短处，发展其创作的长处，遂成为一代文豪。

　　无独有偶，英国作家柯南·道尔早前是一名私人金融助理，由于他对这种乏味的工作厌倦不已，经常把工作搞得一塌糊涂，结果被老板炒了鱿鱼。从此他开始发展自己的兴趣和爱好，进行推理小说的创作。正因他发挥出自身的长处，避开了自身的短处，才使福尔摩斯的形象矗立在世界文坛之中。

　　由此可见，每个人都有其长处和短处。我们应该正视自己的长处和短处，力争做到扬长避短！不仅个人需要如此，团队也应这样。例如，今年世界杯，德国队中穆勒的表现可谓机智神勇，他带领德国队以4∶0的大比分战胜强敌葡萄牙队。同是队长，难道葡萄牙队的C罗真的比穆勒逊色吗？不是，是因为穆勒更懂得发现他人长处正视自己不足。他深知自己运球耐力不足，于是把场上自己的位置由前锋调为中锋。而让精力充沛的内瓦尔接任前锋。再观C罗，他刚愎自用，总试图独控球队，一切进攻都以自我为中心，如此看来葡萄牙队焉能不败。

　　归根结底，能够正视自己和别人的优缺点尤为重要。墨子云：甘瓜苦蒂，天下物无全美。每个人都有长处，应发现，要发展；每个人也有短处，应正视，要弥补。诗云：梅须逊雪三分白，雪却输梅一段香。理寓于句，尽在不言中。

　　正因寸有所长，才知尺有所短；正因尺有所短，方是寸有所长。

青松挺且直　非靠风雨顺

一只渴望飞上云霄的蜻蜓每天都刻苦练习飞翔。终于有一天，当它准备好，拼尽全力冲向云霄的那一刹那，刮起了大风，蜻蜓凭借风力，终于直上云霄，实现了自己的梦想。这只蜻蜓的成功固然有大风的原因，但它自己的努力更应值得肯定。然而，其他蜻蜓只感慨大风的功劳，却对它的努力视而不见。

对那些羡慕"被大风托起的蜻蜓"的"其他蜻蜓"，或是如"其他蜻蜓"一般的人，我只想说"青松挺且直，非靠风雨顺"。

青松，大多生于北方，长于环境恶劣的荒山石坳之间；北方春夏两季旱涝无常，秋日多寒风，冬季更是天寒地冻。换句话说在一年中青松极少会经历风调雨顺的好日子。然而即便冬天风雪交加之时，"大雪压青松"之际，它也仍能做到"挺且直"。相比之下，南方季雨林中的藤蔓植物，因雨水丰沛、营养充足，有其他树木遮风挡雨，按"其他蜻蜓"们的逻辑，藤蔓理应"挺且直"。然而，"藤蔓挺且直"是荒谬的，它只会于地栖行，缘树而上，七拐八绕，俨然将自己拧成麻花状，丝毫不见一分"挺且直"的傲岸和坚韧。原因何在？青松希望自己保持直立，并为之日夜努力，因此它能挺且直。而藤蔓植物，本就是个趋炎附势之徒，只会依赖他人，不会自己努力，正如那"其他蜻蜓"，不思进取，且不知借助风势，如此又焉能冲上云霄，领略高空的奇绝与美妙！

　　成功，靠的是自己的努力，不是外物，于蜻蜓如此，于植物如此，于人亦如此。机遇是重要的，但"机会只垂青于有准备的人"。历数古今中外，莫不如此。孔明能成名，虽有刘备器重赏识的因素，但他若无经天纬地之才，恐怕在蜀汉政权中也难以出人头地；袁隆平能"偶然"发现他所要的不育型野生稻，归根结底还是他日日悉心观察搜寻的必然结果；米兰·昆德拉能够成为文学大师，固然有时代际遇因素，但更重要的是缘于他多年坚持努力观察生活、练习写作。看到别人成功，莫用别人运气好来为自己的不努力开脱，1%的灵感固然重要，但99%的汗水更重要。我们必须充分认识到这点，承认成功者确实比我们更努力，然后才能激发自身潜能，提升自身的能力，在大风吹来之时挥动翅膀，直上云霄。

　　"青松挺且直，非靠风雨顺。"我不否认机会对人成功的重要性，但一个人若想做到"挺且直"，甚至有所成就，最重要的，还得靠自己的努力。

成功绝非偶然

前几天作文课，语文老师发给我们每人一张题卡，同学们七嘴八舌埋怨老师又是前几天测试过的作文材料，这种重写行为到底有何意义？老师摆摆手并未说话，只是示意同学们安静下来。这时同桌站起来说"老师，换个材料吧"。老师两眼瞪着他，开口道："同一个材料，多写几遍，多思考，思维才会发散。"于是，就在老师说完最后一个字，我迅速地拿起了笔，并在方格纸上赫然写下"成功绝非偶然"几个大字。

一只因渴望飞上云霄而不断练习飞翔的小小的蜻蜓，在拼尽全力向空中冲去的一刹那，巧遇大风将它高高托起，其他艳美的蜻蜓都感慨大风的功劳，可它们却忽略了小蜻蜓本身的努力。其实，这只蜻蜓的成功，绝非偶然。

你看见的，只是千里马被伯乐认出后那俊美的一跃，你不禁感慨：多亏有了伯乐，千里马才能有日行千里的本事。其实不然。千里马若不是自身有着强大的本领，纵使一千个伯乐从它身旁路过，那也是徒劳。千里马凭借伯乐的慧眼施展出自身的本领，赢得世人的尊重，靠的不是偶然的运气，而是厚积薄发，坚忍不拔的意志。

李坚柔，一个名字里就带着辩证法的女子，在冬奥会上取得短道速滑金牌的好成绩，令许多人感慨万分。有人说她的成功完全靠极佳的运气，四人组中三名对手同时摔出场地对她来说的确幸运至极，可是连续两次发生的这种极端状况非但未能干扰她，反而令她发挥出极佳的竞技状态，最终稳稳地滑到终点。这种磐石般坚强的意志，静如止水般的心境导致的成功，怎么可以归结为偶然或是运气呢？人们只看到赛场上发生的那戏剧性的一幕，却看不到李坚柔训练时的刻苦与勤奋。没有任何人可以轻轻松松成功，因为任何人的成败都是必然的。

那种在别人眼里看似偶然的成功，其实是上帝为有心人准备好的礼物。一名参加哈佛自主招生的高中生因在兴趣爱好一栏里填写自己热爱拉面并走遍全国去品尝各地拉面而被录取时，学校的回答是："我们相信这种愿意为所热爱的事物付出的人会和我们有更好的交流！"有人不禁调侃这名学生是凭运气吃出大学的"拉面哥"，而我认为他从小培养的这种忠于所爱的品质才是其打开成功之门的钥匙。成功就像买彩票，只不过买彩票的筹码只是一点钱而已，而成功的筹码却是付出一辈子的努力。

近日蹿红的作家张嘉佳说："我们用尽全部力气化成茧，等待吹醒我们的最后一缕春风。"他原木只是在微博上坚持每晚发"睡前故事"，可当他感动了许许多多人之后，他便大红大紫了起来。有人羡慕他的一夜成名，可他就像那只小小的蜻蜓一样，曾默默地努力着，刚好迎来了托起他的风。

我坚信成功绝非偶然，每一分汗水都有它的价值，我不在乎别人是否看见我的努力，我只愿用尽全部力气化成茧，等待吹醒我的最后一缕春风。

坚持梦想　永不言弃

蚕蛹作茧自缚，备受折磨，只为破茧而出，在大千世界舞出优美的舞姿，只因它坚持梦想，从未放弃；蚌忍受痛苦，历经煎熬，只为积累美丽，把耀眼的珍珠留给世人，只因它坚持梦想，没有放弃。万物走向生命辉煌的路上，风雨雷电、坑洼曲折，唯坚持不懈才能让梦想开花、结果。物尤如此，人亦类似。

人的一生中，道路多坎坷，嘲讽、打击、失意如满天的星子，数不胜数。有些人过分在意他人言语，往往让自己倍感痛苦，追梦之心倍受煎熬，最终梦碎心伤，满地凄凉；有些人不信他言，活在自己的精神世界中，人生之路往往平坦开阔，康庄大道似乎对他青睐有加，在坚持的精神功力下，最终梦遂心悦，满目繁华。所以，我们只有坚持梦想，不放弃，不偏执，成功就会在你我眼前招手。

邓亚萍，蜚声中外的"乒乓女王"，早年对乒乓球产生了浓厚的兴趣，但由于个子矮小、天分不高，四处碰壁。可是她没有放弃，因为她拥有梦想，那就是成为一名优秀的乒乓球队员。此后，她披星戴月、兀兀穷年，终于在全世界瞩目的奥运会上四次拿到了冠军，赢得了人们的喝彩。她曾说："竞技体育的残酷告诉我，人生没有捷径，只有靠自己拼。"是啊，她的梦想与坚持成就了她，让她在人生路上走得越来越稳，开始了她不断创造辉煌的征程。

　　所以说，只要你能坚持生命的绿色，你就能打败困厄的沙漠，迎来姹紫嫣红、满园春色。肯德基创始人哈兰·山德士六十六岁不甘平庸，坚持梦想，用一百多美元四处奔波寻找投资合作商，终于在1930年开了一家餐厅。他没有停滞于此，又开始潜心研究炸鸡，终于发明了秘方，使餐厅日趋兴隆，成为当今无人能敌的快餐大王。他的事迹告诉我们，只要你有梦想，有坚持的毅力和勇气，平凡的生活总能活出不平凡的闪光点。

　　实现梦想的道路充满荆棘是正常的，不如意之事十之八九。牛顿没有上过大学，却成了"发明大王"。所以，任何情况下不要气馁，要知道眼前的挫折与困难并不代表一切，不要对自己的梦想说"NO"，所有人都有权力为自己的梦想而努力奋斗。

　　坚持梦想，永不言弃。像材料中的那个庄园的主人一样，不仅仅是单凭老师的主观感情，而是能够坚持自己的梦想，实现自己的价值。铮铮铁骨壮，一任冠群芳。

大丈夫应拘小节

从一个人的吃相，使筷子的小动作可见出其人品。举杯投箸，推杯弄盏，这些看似微不足道的小细节，很多时候，却关系到一个人的盛衰成败。

中国有句老话：大丈夫不拘小节。仔细揣摩，此话固然有其合理的一面，但在眼下这个看似纷繁扰攘、无拘无束的时代，能够见出品格的一些细节往往决定成败。

所以，大丈夫应拘小节！

小节可以体现出一个人的品质。万达集团董事长王健林的招聘面试颇为独特，就是共进一顿饭。席间，他会细心观察每个人的吃相和礼数。最后再据此决定录用与否。难道这些举杯投箸的细节真的很重要吗？的确！我们不妨回忆一下，在正式场合用餐时，每个人的吃相都不尽相同。有的人总是最后拿起筷子——这是谦让；有左撇子自觉改用右手——这是尊重；而有的人争食鲍鱼蛤蜊一类的珍馐——这是贪婪；更有的人席间高声叫嚣，无视他人的存在——这是野蛮。所以，千万不要以为可不拘小节而放纵恣睢，失态丢丑，从而毁了自己的美好前程。

细节可以决定命运，此句不诬。20 世纪，在苏联选拔宇航员的活动中，为什么加加林可以脱颖而出？就是因为他注重细节。他每次进入飞船都会脱鞋，以示对科学家的尊重。因此他最终赢得了众人的认可，得以遨游太空名垂千古。由彼及此，作为中学生，我们理应更加注重小节，因为小节不仅仅关乎个人修养的高低，往往可以决定一个人的高度。

小节不但可以决定一个人的成败，而且可以关乎一个民族的盛衰。1941 年 12 月 7 日清晨，日军偷袭珍珠港，美军驻扎于此的舰队几乎全军覆灭。美军为何遭此惨败？就因为美军不在乎细节。早在半年前日本就做好了偷袭珍珠港的准备，海军情报部门多次向夏威夷派出间谍，然而对日本半年以来的侦察活动，美军竟毫无察觉。日军则不同，飞行员刻苦训练，充分准备。所以美军遭到偷袭时仓促应战，也只能挨打。我并不是在赞美卑劣的行径，而是就事论事。试想，如果美军能注重细节并充分准备又何至一败涂地？

英国有个民谣：丢了一个铆钉，坏了一个马掌；坏了一个马掌，伤了一匹战马；伤了一个战马，亡了一名骑士；亡了一名骑士，输了一场战役；输了一场战役，灭了一个国家！由此可见，小节虽小，可作用多么巨大！

生活中，我们注重小节不是蝇营狗苟，寸利必争，而是提高修养，完善自我！身为大丈夫，何不拘小节！莫因小节铸千古遗恨，切勿再回首望百年枯身！

细节决定成败

儿子带着乡下来的父亲宴请生意场上的一个朋友，父亲劝儿子莫与之深交，因为父亲从他用餐细节上看出他是一个见利忘义贪婪无度的人。儿子听罢不以为然，结果几年后被这个人骗去大半家产。

生活中，从许多小细节能看出一个人的习惯与性格。不要小瞧一个小小的动作，其实它也能反映出一个人的品质和修养，所以有人说细节决定成败。

2003 年 1 月 16 日，美国"哥伦比亚"号航天飞机升空 80 秒后发生爆炸，飞机上的七名宇航员全部遇难，全世界一片震惊。美国宇航局负责航天飞机计划的官员罗恩迪特基尔引咎辞职。事后的调查结果表明，造成这一灾难的凶手竟是一块脱落的泡沫。可见有时候，一个小小的细节，甚至可以将全局毁于一旦。

一壶水，如果温度达到沸点，壶盖会不停地跳动，瓦特发现后便开始思考，为什么它会跳动，由此发明了蒸汽机。为什么瓦特能够发明蒸汽机？并不是因为他比别人聪明多少，而是因为他有一双善于发现的眼睛，注意到了生活中的细节，于是走向了成功。

张瑞敏领导的海尔如今很叫响，但当初的海尔经营管理可是一塌糊涂，张瑞敏入主海尔后制定的第一条制度竟是"不许随地大小便"，可见海尔昔日情形。1985 年，海尔着手内部管理。为此编写了10万字的《质量保证手册》，制定了121项管理标准，49项工作标准，1008项技术标准。张瑞敏着手整理企业内部，而且愿意花大力气、花大价钱、小事当大事做，杀鸡也用了牛刀，才有了今天的成就。由此可见，细节决定成败。

有时候，成大事者用人看重的并不是这个人能力强弱，而是这个人在细节处理上能否做到妥当。有些同学总是在考试过后感叹："××题我会做，只是马虎了而已"或"××题多简单，我只是数算错了而已"。这种马马虎虎、不重细节的答题习惯必然导致这类人成绩永远不会理想。

如果一个厨师错把糖当成盐放入菜中，那么他就不能称作称职的厨师，因为很可能因为这一道菜而毁了整个餐厅的声誉；如果一名科研人员算错一个小数点，那他就不能称作称职的科研人员，因为由此造成的后果是不堪设想的。

青春年少的我们须更加注重细节。须时刻提醒自己：小事成就大事，细节决定成败！

没有规矩何成方圆

如今街头经常呈现出这样对比鲜明的画面：午夜时分路口人行道上有一人姗姗而过，众车辆默契地静候直至此人过后才会驶过道口；早晚高峰时段喧闹的马路上，一众行人无视红绿灯的存在，冒着极大危险左躲右闪横穿马路。这是我们生活中常见的两种人：前者值得称赞，因为他们哪怕是延误了要事也恪守规则，后者须加挞伐，因为他们哪怕破坏规则身陷危险也要自行其是。

眼下部分中国人因不守规则恶名已然远播国外。中国游客到了国外，大声喧哗，肆意插队、闯红灯，丝毫不把社会规则放在眼中，更遑论入乡随俗了。中国游客的所作所为，简直令国际友人瞠目结舌。这是一个国家的羞耻，更是对中国礼仪之邦的绝妙讽刺。一个不守规矩的人，难以受到别人的尊重，一个由不守规矩的人构成的国家同样难以得到国际社会的尊重。

由此观之，遵守规则是多么的重要。如果一个国家中每个人都能遵守规则，那么它总有一天会富强起来。譬如德国，德国人素以遵守规则闻名于世，在这个国度里，没有无序争抢，每个人都恪守本分在自己的岗位上勤勉工作，德国的国家机器才得以高效地运转着。其实社会就像一台机器，每个人都是它上面的零件，如果每个零部件都能有条不紊地运转，那么社会效率一定会大大提高。如果其中有一个零部件不守秩序脱离轨道，那么它身边的工作体系就会受其影响，社会的发展就会缓慢下来，更何况有很多人不守规则呢？所以，我们不但自己要做守规则的人，而且更要带动身边的人一起遵守社会规则，为社会高效运转尽出己力。

俗话说，没有规矩，不成方圆。规矩是人心中的度量衡，社会的矫正器。没有它，我们的社会将乱作一团。所以，就让我们从今天开始，做一个遵守规则的人吧！一个人的力量也许微不足道，但如果每个人都行动起来，将力量聚在一起就一定能让社会变得高效，国家变得富强。

认清自我

　　齐白石到了晚年已是享誉国际、名满天下的大画家。内心的骄傲情绪一直在潜滋暗长着，作画不禁慢慢疏懒下来。然而，当艾青带着齐白石早年画的画来到齐面前，指给他看的时候，齐看着自己早年所作，陷入了沉思。早年作品尽管稍显稚嫩，但每幅作品都透着作者的虔诚与认真。齐白石从此敛起自己的骄傲情绪，一如既往地虔诚认真作画，齐白石能够在春风得意之时，认清自己身上的不足，真可谓难能可贵。

　　爱因斯坦——近代物理学之父。他一生中开创了物理学四大领域：狭义相对论，广义相对论，宇宙学及统一场论。他是量子理论的主要创建者之一，在分子运动论和量子系统理论等方面做出了重大贡献。他在物理学上的成就无人匹敌，但即使在被冠以 20 世纪最伟大的天才之后，他也没被这耀眼的光环所蒙蔽。仍然像过往那样，待在自己的实验室里，不知疲倦地做着物理实验，直至临终前几个小时仍在工作。

　　认清别人是一种能力，认清自己是一种修养。成功有很多内涵，处在人生巅峰、万众瞩目之时，一个人难免会飘飘然、目中无人，如果此时能够看清自己的长与短，是与非，这又何尝不是一种成功！

　　齐白石和爱因斯坦，未被盛名蒙蔽双眼，充分认清了自己也成就了自己。可是唐玄宗李隆基就没这么幸运了。他因辉煌的文治武功迷失了自己，他认不清自己，更认不清大唐即将到来的灾难，最终落了个身败名裂的下场。

唐玄宗年轻时励精图治，广开言路，虚心纳谏，他想成为一代明君，流芳百世。如其所愿他也确实做到了。在他不懈革新，不懈努力下，国家的积弊越来越少，唐朝迎来了又一个盛世！看着蒸蒸日上、日渐繁荣的帝国，看着由自己亲手创造的伟业，唐玄宗他，迷失了。他不再住简朴的房子，不再粗茶淡饭，不再勤理朝政，不再虚心纳谏，而是沉迷于酒色之中，沉迷于成功的满足与喜悦中。成功的光太耀眼，刺得唐玄宗双眼朦胧，看不清过去那个英明神武、励精图治的自己了。于是，便为后来唐朝的衰败埋下了一伏笔。

成功时看清自己，不要被成功的光环遮蔽双眼，唯有这样，才能取得更大成功。

坚持下去，梦想并非空想

　　一次作文课上，老师让每位学生写一篇题为"我的梦想"的文章。一位小朋友如实写出自己想拥有一座庄园的梦想，却被老师说成是空想，要求重写。但他始终不肯退步，最后这篇文章得了一个最差等级"E"。多年以后，他凭借自己的努力，经历千辛万苦实现了当初的梦想。由此可见，只要坚持下去，梦想就能成真，反之，如果这个小男孩听从了老师的话，放弃自己最终的梦想，那他的梦想真的会变成空想。

　　鸟儿翱翔蓝天，自由自在，让人羡慕，于是人类有了飞天梦。古有万户不惜以生命做代价，制作出简陋机械便想一飞冲天；而人类在经历无数次飞行试验失败后，终于拥有了飞上蓝天的能力。几千年的飞天梦想，在人类不懈的坚持下，终于得以实现。当年嘲笑万户飞天梦的人一定不在少数，现在想来，这些人又是多么可笑！越是被嘲笑的梦想，越需要坚持，越需要去实现。

　　中国人从不缺乏梦想。从航天飞机、人造卫星、导弹再到核武器，哪一样不是历经万难才拥有的。实现梦想，就要有坚持的毅力。中国首艘航母辽宁舰曾被国外媒体讽喻"移动的博物馆"，没有实用价值，就因其没有舰载机。中国的航母梦岂能因缺失舰载机而破灭，这时中国首位舰载机飞行员戴明盟站了出来，立誓要让辽宁舰拥有自己的战鹰。经历无数次的考验与磨炼后，中国人的航母梦终于在戴明盟的努力下实现了。

当年那位小朋友没有向老师低头，先贤万户没向世俗的力量低头，我们国家也没有向落后的生产技术低头，其实像这样的人、这样的国家还有很多。

大学中途辍学的比尔·盖茨坚持创新终于实现了自己的科技梦——创办微软公司；高考数学只得了一分的马云坚持创业，终于实现了自己的济世梦——创办出世界上最大的电子商务公司阿里巴巴集团。我们不得不慨叹，人生总是厚待那些坚持梦想的人。去年高考文科状元，毅然放弃香港大学丰厚的奖学金，选择了复读，只为圆自己的北大梦。她的现状我无从知晓，但我坚信她会梦圆北大，因为她坚持了自己的梦想。

我们每个人都有梦想，不知你是否改变了最初的梦想。梦想是自己的，不要因为他人眼光的不屑而改变，坚持下去，你的梦想便会实现。而那些被老师用成绩改掉了梦想的孩子，就算日后有所成就，想必也会少许多快乐。因为梦想是你人生最初的追求，是你真心所向，实现它必会使你快乐无比。

所以，不要让自己的梦想贬值，心有多大，路就有多宽。坚持你最初的梦想，不要被世俗湮没，载着它远航，必会到达它开花的地方。

梦想因坚持而美

　　一直以来，有一个故事总是萦绕在我的脑海中：有一位小朋友写了一篇关于梦想的作文，老师认为不切实际当堂批评且给他打了个"E"。三十多年后竟上演了戏剧性的一幕：这位老师带领小学生到一座庄园游玩，得知庄园的主人正是三十年前得"E"的那个孩子，庄园的布置正是三十年前被他否定的作文内容。这不得不让我们反思，那个当年受到打击的小朋友是如何实现了他人口中所谓的"空想"。掩卷沉思，是梦想，是因为他坚持了自己的梦想。

　　古往今来，成大事者，无不怀揣梦想，脚踏实地，一步步坚持到了成功。

　　《国榷》一书的作者谈迁是个苦命人，家世一般却怀有大志，他敏而好学，经过不懈的努力完成了《国榷》的初稿，可时运不济，偏偏书稿被盗，风烛残年的他伤心之后再次执笔，终于在八十多岁时将《国榷》一书面世，引起了轰动，一时洛阳纸贵。这正是他"锲而不舍，金石可镂"的勇气成就了他的梦想，让他在历史的天空中成为一颗耀眼的明珠。

　　越王勾践曾是亡国之君，吴王没有杀他，让他做了马车夫，他隐去锋芒，暗中积蓄实力，在被放回越国后与民同甘共苦。经过几年的努力越国逐渐强大，他带领越兵，一举灭了吴国。每天坚持卧薪尝胆，反思自己，扬其长补其短。这正所谓："十年磨一剑，苦尽甘终临。"试想，勾践倘若安于马车夫的苟且偷安，不为自己的王朝梦而坚持，青史上也就没有了他的事迹。

古人犹此，当今亦如此。2013年感动中国人物之一的"油菜花之父"几十年前还是个默默无闻的农村小人物。偶然的机会令他在异乡碰到了与众不同优质的油菜，他萌生了一个培养优质油菜的想法，于是他回到家乡搞研究。历时三十多年，硬是培育出了优质油菜并获国家专利，他用他的技术造福人民，感动中国，真可谓：数十年坚持天可鉴，一朝历成举国观。

《国榷》作者谈迁、越王勾践、油菜花之父，这些人身体力行，数十年如一天地坚持向世人阐述了共同的道理：坚持梦想，梦想会因坚持而更美。

亲爱的朋友，如果你还在为该不该坚持梦想而摇摆不定，那么请你不要再犹豫，坚持你的梦想。常言道：有志者，事竟成，破釜沉舟，百二秦关终属楚；苦心人，天不负，卧薪尝胆，三千越甲可吞吴！

定位自我 创造价值

　　一位年轻人认为自己不如别人价值高，只能卑微彷徨地生活着。一天，一位老者走来问他："泥土与金子哪个更有价值?"年轻人沉默不语，答案不言而喻，年轻人就好像泥土，却要和金子比光彩。可他却没有发现在孕育生命时，泥土胜过金子万倍。可见，给自己定位，创造价值的重要性。

　　正所谓"尺有所短，寸有所长"。每个人都会有自己的闪光点，上帝总是那么仁慈，给你关上一扇门时也会打开一扇窗。所以，没有必要耿耿于怀自己哪里不如别人，找到自己的优点，发挥自己的长处才是最重要的。

　　俞敏洪，一个响当当的名字。在同事纷纷下海经商时，他能够找准自己的位置，坚守自己的英语教师工作。几年后，下海的同事铩羽而归，而俞敏洪凭着自己始终如一的干劲，创出了自己的教育品牌——新东方。不得不说，俞敏洪找到了适合自己的位置，让自己的才能充分展现，赢得了"留学教父"的称号。相反，书圣王羲之却未深谙此理，他的书法登峰造极，当时无人能与之争辉，可是他却处处与人较劲，棋艺、作画、写诗等等，最终落下病根，被"气"得英年早逝。他不懂得"金无足赤，人无完人"的道理。有光彩照人的特色，也就必然会有黯然无光之处，可见找准自己的位置非常重要。

　　每个人的才能不尽相同，所获得的机遇也是千差万别，所创造的价值更不可相提并论。但是，一个甘于奉献的人，一个散发自己每一分光和热来为社会做贡献的人，就应该被尊敬、被认可。

　　所以，亲爱的朋友，放下心中的包袱，摒弃俗世的观念，让自我、本我得到最大的发展，不盲目、不自大、不偏执，须知，最适合自己的才是最好的。

　　我始终坚信，每个人都是一颗星球，神秘而美丽，只有找准各自的位置，交相辉映，星空才绚烂而多彩！

天生我材必有用

当浩瀚五千年华夏文明浓缩于单单几百张书页梳理传承时，厚重的历史面前，人类似乎太过渺小。轻轻翻阅每一页文字，几百年的历史白驹过隙，来不及回味，已成过客。就在这浩瀚天地间，倘再无些霸气，再无些自信，没有"自信人生二百年，会当击水三千里"的魄力，人生画卷再无亮丽点缀。所以，"及时当勉励，岁月不待人"，你我活就要活出个"天生我材必有用"的精彩。

顺境中，我们奋力向前；逆境中，我们也不能停止脚步。在遭遇逆境之时，我们可否有勇气低吟一句"长风破浪会有时，直挂云帆济沧海"？在走入人生低谷时，你我又能否像海子一样，怀有"面朝大海，春暖花开"的心境呢？贝多芬失去了听觉，可他却巧妙利用骨传导等传声方式走向了人生巅峰，创作了举世闻名的《命运交响曲》；张海迪失去了双腿，可她却凭借自己的不懈努力精通十几国语言，创造出"轮椅让她三分矮，她让人生步步高"的佳话；海伦·凯勒双目失明也未能阻挡其创作鼓舞亿万少年的佳作《假如给我三天光明》。

由此可见，不利的外部条件并不是影响我们走向成功的决定性因素。它只是我们在前进道路上的一块绊脚石。只要我们稍加利用外部条件，结合自身情况，就一定会走向成功的彼岸，实现人生的价值。切不可因为小小的挫折而放弃自己、否定自己，那只能是懦弱、无能的表现。我们需要做的是克服外界的不利因素，结合自身的素质、能力，实现自己的价值，达到人生的巅峰。人生只有走出来的美丽，没有等出来的辉煌。积极投身于行动中去，在行动中奉献自己、实现自己的最大价值。

所以不要再空叹"老冉冉其将至兮，恐修名之不立"，也不要再怨"举世混浊而我独清，众人皆醉而我独醒"，扬起你我微笑的脸，装潢满腔的自信，带着"投情山水地，放声咏离骚"的惬意，向着梦想之处出发吧！

人生困难无穷已

著名诗人杨万里曾作诗曰"莫言下岭便无难，赚得行人空喜欢。正入万山圈子里，一山放过一山拦。"抚案沉思，人生岂不也如同这上山下山一般：正当自己沉醉于"一览众山小"的喜悦之中时，却不知下山途中仍有无数的穷山恶水如猛虎般阻于道中。人生不可如登山一样被眼前的胜利冲昏头脑，因为前方还有坎坷曲折在等待着我们，正所谓"人生困难无穷已，我辈还须再奋蹄"。

大千世界，自然万物在奋斗历程中都不可避免地要遭受坎坷和曲折的洗礼。你看，小溪不骄不躁，方能绕过九曲十八湾而归入大海；青松不屈不挠，才能忍受穷冬烈风而扎根于大山之巅。在那美丽的非洲大草原上，天边露出鱼肚白的时候那些矫健的羚羊就不停奔跑，正因如此，才能在狮子一天天的追击中存活。人生的旅途何尝不是充满了挑战？一旦让些许的得意忘形束缚了手脚，便会停步不前，甚至要为此付出惨重的代价。

吴王夫差，自以为打败了越国，于是乐不思蜀，天天锦衣玉食，沉溺于歌舞之中，放松了警惕，殊不知勾践卧薪尝胆，一步步变得强大，吴国的灭亡正是他的得意忘形使然。

鸿门宴上，项羽自恃英雄盖世，拥兵百万，因而不把亭长出身的刘邦放在眼里，于是放虎归山，落得四面楚歌，身死垓下，血染乌江而被后人所笑。

历史从不留情，成王败寇是不变的真理。正如诗歌中所描绘的那样"宫女如花满春殿，只今唯有鹧鸪飞"般凄凉不堪。不懂进取，骄傲自满的人注定只能淹没于历史中。于大千世界中，那坐立于高山之巅仍能保持清醒头脑并不断进取的人，才能品尝到胜利的果实，才能有看天际云卷云舒、观窗前花开花落的惬意。

一代领袖毛泽东正是明晓"宜将剩勇追穷寇，不可沽名学霸王"的真理，才能指挥人民解放军一举击溃盘踞南京二十多年的国民党，最终夺取中国革命的伟大胜利。

爱因斯坦正是能清醒地认识自己，所以在发表相对论后，他才能淡然地说："用一个圆圈代表我所学的知识，而圆圈外面是那么空白，对我来说意味着无知，我不懂的东西还很多。"于是，在以后的几十年里，他仍然不断探索，为物理科学献出了毕生的心血。

显然，无论对事业，对学习，抑或是对人生，我们都需要时刻保持着清醒的头脑：失败时，保持昂扬的斗志诚然可贵；胜利时，不为其冲昏头脑亦为重要。人生的困难无穷已，唯有砥砺前行，方能在天地间加上属于自己那靓丽的一笔。

真诚可贵

有个学生在参加职业招聘的录取面试时迟到了 40 分钟，面试主管冷言质问其原因，他回答："我只想来看您在不在，好让我当面说声对不起。"从这位大学生身上，我看到了世界上最宝贵的东西，那就是真诚。

真诚一直被认为是一枚书签，被夹在唐风宋雨孕育的诗歌里，然后用久违的美丽蜂拥人生的枝头。真诚，支撑了整个中华民族的历史天空。那个"云边雁断胡天月，陇上羊归塞草茵"的苏武，边塞生活十九年，去时的符节早已脱掉了光亮的色彩，年轻的使臣也已白发苍苍，匈奴拿出高官厚禄，然而苏武始终怀抱那一腔报国热血，这就是铮铮铁骨、拳拳赤子的真诚大爱。

古往今来，真诚已成为你我身上的美好品质。著名书法家启功写过一个自嘲式的自传："中学生，副教授。博不精，专不透。名虽扬，实不够。高不成，低不就。痈趋左，派曾右。面微圆，皮欠厚。"寥寥数言，真诚的长者形象跃然纸上。

上帝所赐给人类最美的情感之一便是真诚。因为只有拥有了一颗真诚的心你才会懂得如何去爱。真诚存在于每个人的心底，它等待着我们某一天悟到它的存在。几十年的医者，几十年的爱心出诊，成就了胡佩兰，年近七十八岁的她，仍然每天坚持出诊，救助病人。

数十年的付出正是源于她的真诚，源于她那颗真诚贡献自己工作的心。真诚如你我，是一盏永不熄灭的神灯，照亮了世上的黑暗，带来了温暖。

韩寒曾经说过："每个人的身体都有厚的地方，有的人厚的是手上的老茧，有的人厚的是背上的污垢，有些人厚的是脸上的老皮，而我希望自己厚的是心脏的肌肉，这样心中的真诚就不会被外物所击败。"真诚是每个人内心中最为坚固的存在，只要你心有真诚，任何可怕的事情都不会将你打倒。著名的童星——秀兰，在小时候星途一片明媚。而到了成年，其演艺事业却步步退后，然而她并没有失望，仍然真诚地面对生活，面对事业，即使被查出患上乳腺癌，她仍真诚地面对公众，不怕被嘲笑。正因为她的真诚，使得她那如儿童般天真的笑容永远留在人们心中。

真诚犹如一面镜子，可以窥见他人身上的优点，帮助改正自己的缺点；真诚犹如扑面的春风，轻拂人心，使人感到轻柔之美；真诚是一把利剑，可以驱逐社会的种种邪气。真诚可贵，但更可贵的是拥有真诚的人。作一个真诚的人吧，因为这世界需要真诚来感化，更需要真诚洒满大地！

尊敬是一种魔力

古语说得好：自作聪明者讥讽他人，真正聪明者尊敬他人。尊敬是种魔力，它会使我们在谈笑风生时自有一份深刻。尊敬他人，是一种生活哲学。尊敬他人者，定热爱生活，拥有生活情趣。如果不热爱生活，谁会去发现自己的滑稽诙谐呢？

大家熟知的小品演员潘长江，身材矮小，长相一般，很多演员喜欢取笑他，尤其是蔡明当众讥笑他为"吉娃娃"，他不但没生气还乐呵呵自嘲，成为蔡明很好的搭档，也成就了自己小品事业上的辉煌。可见，尊敬是一种魔力。就连著名的总统林肯先生也是处处尊敬他人。曾经有个妇女笑他长相丑，他申辩说不能怪自己。妇女反驳说，原来不怪你但是你出门就怪你了。林肯说我的丑正好衬托出其他人的美。结果林肯在大选期间，倍受市民爱戴。由此可见，尊敬他人得到的是成功。

尊敬使你离成功更近一步，而不断地讽刺轻视别人，只会让你离成功越来越远。

当今 NBA 赛场上的头号巨星科比，已经进入职业生涯的瓶颈期。回首过去，当年的奥尼尔与科比创造了多少辉煌，但科比眼中容不下奥尼尔，最后导致队友关系破裂，奥尼尔离开湖人，湖人一直陷入低谷。去年霍华德又进入湖人，手中拥有巨枚总冠军戒指的科比，更加瞧不起霍华德，结果可想而知，科比的傲慢、目中无人，使得他永远无法戴上第六枚主冠军戒指。

名人如此，我们平凡人也要懂得尊敬是一种魔力。对于即将步入社会的我们要学会尊敬他人，因为只有尊敬他人，别人才会尊敬你，向你靠拢；只有尊敬他人，他人才会发现你身上的发光点，对你还以尊敬。

尊敬有一种特殊的魔力，他会让你脱颖而出，让你在人群中备受关注。如我们众所周知的大哲学家苏格拉底，他有位悍妻，曾当众把冷水浇到他头上，苏格拉底不但不生气，反而调侃道："雷声之后，必有大雨。"后来他还进一步总结说："一个男人如果娶了个又丑又恶的妻子，就会成为哲学家。"瞧，苏格拉底正是尊敬妻子，给足妻子面子，才化解了一场危机，并且自己还得到了哲学家的称号。

尊敬他人，成功之路才能变得平坦。

读书人是幸福人

　　复旦大学陈尚君先生曾自豪地宣称自己是个幸福的读书人，在他眼中，用心读书，可以读出春的欣欣向荣，秋的肃杀萧瑟；用心读，可以读出三毛的奇幻浪漫，也可以读出张爱玲的惆怅感伤；用心读，可以读出陶渊明的怡然闲情，也可以读出陆放翁的铮铮铁骨。用心读书，体味万千世界，获得美妙的幸福感。

　　古今中外，有许多例子。西汉时期被称为思想家、文学家、史学家的司马迁，他本着"究天人之际，通古今之变，成一家之言"的目标，虽受到宫刑，仍然坚持读书查资料，终于写出了长达52万字的"史家之绝唱，无韵之离骚"的专著《史记》。当最后那笔完成时，他脸上露出了幸福的微笑，"读书，真乃福事"！再如清末民初的学者熊十力，有一驻军中的营长向他请教，他随手递给其一本书，让其读完再把感受讲给他听。数日后，营长见到熊十力便大谈特谈，熊十力十分生气，说："读书当重一个'赏'字，任何一本书都不乏智慧的花朵和思想的果实，你不去享其精华，却食其糟粕！"是啊，读书读的是品位，是件幸福的事，当展其卷，便如春风拂面，脸上洋溢的是幸福而非抱怨。

　　可见但凡有所成就的人，无不是将读书视为"为天地立心，为生民立命，为往圣继绝学，为万世开太平"的使命。即使不像张横渠拥有这种大胸怀，也可以获得因读书而获得的小幸福。张海迪、海伦·凯乐等人，她们克服身体残疾，著下无数作品。于我们而言，面对有残缺的她们不仅是给予同情，更多的是敬佩她们身残志不残的精神。谁又能说书没有给她们的生活增添一些乐趣呢?

　　而相反，方仲永儿时富有满腹才华，却不好好加以巩固，最后白白葬送了自己的前程，没能让自己在读书的过程中体会到一丝幸福，留给世界的只是一袭落寞。

　　当下，我们身边的一些人不懂得怎样做一个幸福的读书人。在我眼中，吃喝玩乐都不是幸福，用汗水、用泪水在梦开始的地方，用读书去找到生命的骄傲才是幸福。让我们一起努力多读书、读好书，共同做一个幸福的读书人吧!

我的梦想我做主

　　梦想是一江春水，抒写了热情和奔放，告诉我们在激情中风华意气、潇洒四方；梦想是一泻瀑布，宣誓了不屈和坚持，告诉我们在挫折中不失自我、奔放笑傲；梦想是一湾清泉，倾诉着自由和向往，告诉我们在宁静中坚守真理、我行我素。梦想从来都是瑰丽的，每个人都有一个梦想，每个人都有一张属于自己的宏伟蓝图，在我们自己的心中被勾勒得无比美好。然而面对梦想，我们被击败过，质疑过，也彷徨过。我们也曾试图无数次改变自己的梦想，在雨打芭蕉的积夜听雨，寂寞地细数那无数个有梦想的日子。

　　后来，我们终于明白坚定梦想，不要轻易改变，更不要因为别人而改变。在这点上，中国网坛名将李娜就看得十分透彻。在收获了澳网桂冠的她曾接受媒体的采访，其中一家记者问她打算何时退役时，李娜笑说："有很多人问过我这个问题，但我想说的是，我希望可以一直打到我五十岁的时候，甚至我希望可以打到我不能行动的一天，这就是我的梦想，不需要加冕，只要能快乐地打球。也许有人对我的这番话颇有微词，但我不会因为外界因素改变我的想法，我的梦想我做主！"就是这样一句简单的话——"我的梦想我做主"，让李娜在网球的路上创造了更多辉煌。

　　这又让我想起了中国影视业的牛人邵逸夫，他一生致力于华语影视的发展。在他还是一名不见经传的小人物时,他每次的投稿都遭到白眼,屡屡碰壁,家人也多次劝他放弃演艺事业,找一份稳定踏实的工作,而邵逸夫并不气馁。经历了一番风雨波折,他渐露锋芒,凭借他过人的演技和编剧能力,终于在演艺圈里得到了一席之位,最终如鱼得水。是的,即使被质疑,他也实现了他的梦想。虽然,如今邵老已长眠,但他留给后人的,不仅仅是他的文化遗产,还有他的精神品质,无时无刻不在鼓舞着我们。

陈欧说过:我为自己代言。我很喜欢这句话,每个人都代表着一个梦想,真正的梦想就是要禁得住诱惑,耐得住寂寞,受得住彷徨。

相信自己,为梦想,不放手。大声对世界高喊:我的梦想我做主!

我心有主

午夜的路口，即使一个人都没有也坚持等绿灯，而在川流不息车道上，因为焦急片刻都不能等而横穿马路，我们并不是为了给别人看而遵守交通规则，也并不是为了受监督，遵守规则是每个公民应有的责任，不为别人，只为自己的心。

宋代宋弥，为官清廉，对不义之事和贪污小吏总忍不住插手管上一管，友人劝他，时下无主，你这又是何必。宋弥闻言道：时下无主，我心有主。仍按照自己的方式行事，死后留下一惊堂木，千年以下仍铿铿有声。他的墓前种着一株梨树，虽果实压枝，亦无人采摘。时下无主，我心有主，并不是为了得到谁的表扬、谁的赞美，只是按照自己心中对正义和道义的理解，去为人去处事。试想，当宋弥面对一条无人的马路时，他的选择定然是停下来，等绿灯，这样做并不是受了谁的监督，而是为了自己心中那份坚守的道义。

我心有主，就好像抵在自己心口的一把利刃，并不受别人管制，且一但违背了自我心中的正义，它便狠狠地插进心里，不痛是不可能的，这刺入心口的剑是外界的隔靴搔痒所远不能及的。

子路和一群弟子长途跋涉，口干舌燥，正巧碰到路上有一棵梨树。弟子们一拥而上，都摘了梨解渴，唯有子路安坐树下，岿然不动。弟子道，梨树无主，子路对，梨树无主，我心也无主吗？仍不去动那梨。同样的一句话，同样的选择，在午夜的十字路口，原来这么多的古圣和先贤选择了等待。这种等待是一种智慧，也是一种修养。

遵守规则这件事，从来都不存在缓急，也不存在特殊时刻：心情好时遵守，心情坏时不遵守；有警察时遵守，没警察就不遵守；有急事时便横冲直撞，没有急事才规规矩矩。仍是那句话：我心有主，闯过红绿灯的那一瞬间也许重点并不在你违反了哪一条规则，而是你违反了自己心中的某条准则。

心中的准则就像一个三角形，你一违反它便转动，于是你疼，然而你总是违反它，它便被磨去了棱角，你再也感受不到疼了，而生命在那个时候也将再无安全保障。

所以，当下一次，再站在一个无人的十字路口时请务必想起这句话：我心有主，收回迈出的那只脚，只是短短几十秒，成全自己的心。

学会反省

努力是一艘船，反省是一张帆。只有张起反省这张帆，才能乘风破浪驶抵成功的彼岸。拿破仑小时候不认真学习，因身体强壮，经常以武力逼他哥哥替他写作业，后来他哥哥终于忍受不了了，就对他说，你只不过比我强壮一点而已。这句话极大地刺激了拿破仑，引起他深入地反思。从此拿破仑一改往日玩世不恭的作态，开始努力地学习，后来考入法国最棒的军事院校，二十九岁时就成为炮兵准将，日后更是驰骋欧洲，所向披靡。

曾子曰："吾日三省吾身，为人谋而不忠乎？与朋友交而不信乎？传不习乎？"这句话就是一种自省内修的写照。由此可知，中国传统思想是有着自我反省与批评文化精神的。一个人无论他有多聪明，记忆力有多好，如果只会一味地埋头做事，一味地应酬和享受，而不能进行自我反省，那他不会有真正的智慧，不会明白世界和人生的真正意义。

唐太宗李世民以魏徵为镜，反省自己对百姓是否尽心尽力，对国家是不是无私奉献，对官员是不是以身作则。他的这种反省精神使他扬利除弊，亲贤臣远小人，终成一代名君，开创出贞观之治。

伟大的共产主义缔造者马克思也是一个懂得自省的人。他更讲究于自省的方法与技巧。恩格斯曾回忆，马克思的工作台上始终放着一个笔记本,上面记满了他每天自励自省的日记。马克思每天都会将自己做的事情反省一次,以期做到无过无错,无论学识还是品行都能臻于完善。我想正是因为马克思拥有自省精神,他的理论才被广大社会主义国家青睐并以之为圭臬。

人在反省自己时,首先须认清自己。齐白石在众人吹捧下仍能不被赞扬蒙蔽双眼,实在可贵。只有先认清自身的错误,才能在自省中升华自己。

所以,朋友们,学会反省吧!让我们在反省中认清自己,踏浪前进!

母爱在心口难开

不想，我拥有的一点不比别人少

母亲，请原谅我之前对您的误解和埋怨。

——题记

从我记事起，妈妈就对我十分严格，我只要犯点小错她就会打骂我、批评我。每当她批评我时，我就会在心里埋怨："为什么总是打我、骂我，喋喋不休地'教育'我？作为母亲，就不能对自己的孩子温和一点吗？再说了，为一些鸡毛蒜皮的小事至于吗？"一直以来，只要看到别人的妈妈温存地对待他们孩子的时候，我都会心生羡慕，总觉得我没有母爱。我不知道你怎可如此待我？

可是，就在初三那年的冬天，我改变了对妈妈的看法，意识到妈妈对我真挚的爱。此刻，阳光正以一种最纯粹的方式倾泻而下，将这个世界粉饰成暖人的金黄色。我眯起眼，万籁俱寂中听见母亲踩着冰雪的声音，将我带进记忆中那个暖暖的冬天。

那年冬天，我得了大病，妈妈带着我四处求医，从她那焦急的神情中，我看到妈妈的不安和彷徨，但更多的是疼爱，是渴望我早日康复的温存。

那是一个大雪纷飞的上午，天冷得似乎要冻裂人们的每一寸肌肤。妈妈在家悉心照顾我，一会儿给我擦脸，一会儿给我倒热牛奶，忙得不停脚。

妈妈问我午饭想吃点什么，我想刁难妈妈一下，便对她说："妈！我想吃红烧肉。"妈妈听后皱了皱眉头说："宝贝儿，家里现在没有猪肉了，要不就吃点别的吧！"可是，当时任性的我便说："不嘛，不嘛，就吃红烧肉！"她听了，二话没说，披上大衣，冲进凛冽的寒风中。我望着窗外妈妈的背影，心里竟有点难受。

不知过了多久，妈妈回来了。她身上堆着厚厚的雪，像个雪人，我看到这，终于忍不住内心的愧疚。泪水像断了线的珠子，一点一点地落下去。冬天是寒冷的，而现在的妈妈像太阳一样，温暖着我寒冷的内心。就在那一刻，我真正理解了妈妈对我的爱。我终于懂得了，母亲平日对我的严厉只是希望我将来过得更好，有更多的权利去选择我想要的生活。我久久不能平静，这沉沉的爱一下子淹没了我。

从回忆中醒来，我依旧在阳光中，它正如母爱暖暖照耀着我。我仿佛看到，母亲走过来，牵起我的手，将我带入了那片灿烂、温暖之中。

追梦路上不松懈

　　生命如石，岁月如水。石子在水的冲刷洗涤中退去年少时的轻狂，多了些稳重，却不忘初心，不忘成为矿石的梦想。鸟儿翱翔蓝天，自由自在，即使南北的路途多么遥远，都无法阻挡它前行的脚步，最终因为它的坚持而获得了整个天空。可见，追梦路上坚持不懈是多么的重要。

　　海子，一个孤独的诗人，面对四次失恋，多次梦想破碎，他并没有放弃爱情、放弃梦想，他说："我把天空和大地打扫得干干净净，归还给一个陌不相识的人，我寂寞地等，我阴沉地等。"海子是多么坚持不懈啊，他渴望再一次得到炽热的爱情，于是诗中不断地去宣泄那久久难以表现的愤懑与悲情；终于唱出了"我有一所房子，面朝大海，春暖花开"的一幅快乐的生活图景。

　　再如俞敏洪，一个来自农村的贫寒青年，经过三年坚持，终于走出农村，考进了万千学子羡慕的名牌大学——北京大学，他曾说："不去努力，待在农村，永远没有出路，他要的就是坚持最初的梦想，迈向更广阔的世界。"后来他又在不断的失败中不断探索，一路上汗泪相拼，成了新东方这所当前中国最大的培训学校的董事长，和他有着类似经历的另外一个人便是阿里巴巴的总裁马云先生。马云高考三次，后来创办中国第一家 B2B 互联网公司，只是因为追梦路上不松懈，他能够放弃杭州"优秀十佳教师"的诱惑，毅然决然在被拒三十七次后创办属于自己梦寐以求的公司，这都是在追梦路上坚持不放弃的鲜活事例。

　　梦想是瑰丽的，只有不肯放弃的人才会获得她的青睐，倘若可以，我愿意为梦而坚持。

敢想敢为

在当前这个日新月异的时代，改变创新成了主旋律，这样的时代需要我们敢想敢为！

历史车轮滚滚向前，社会在飞速发展，与其跟在时代后面亦步亦趋，不如站在时代的最前沿，敢为天下先，引领时代潮流。这需要魅力和勇敢，唯有敢想敢为，才能成为这个时代最卓越的弄潮儿。

这个时代到处充满着颠覆和否定。苹果颠覆诺基亚即为经典战役。曾几何时，诺基亚凭借其良好性能风靡全球，独步天下，每个人都以拥有一款诺基亚手机为荣。不幸的是，苹果智能手机的问世打破了诺基亚神话，几乎在一夜之间，便抢占了诺基亚的全球市场。曾以巨无霸形象存在的诺基亚品牌优势转瞬即逝。苹果之所以能够击败诺基亚，原因就在于苹果公司敢想敢为，勇于创新。类似的颠覆还在不断上演，在眼下这个日新月异的时代，谁如果仍然循规蹈矩，墨守成规，谁就必将会被淘汰和颠覆。

有句话说，"枪打出头鸟"。于是很多人选择做一只鸵鸟，默默地掩藏自己。然而，我却不会这样做。当我们步入社会，迈进职场的那一天，一定会有那些自认为资深的前辈拍着我们的肩膀说，"年轻人，你不要看不惯，你要适应这个社会，你应该按部就班……"这时，你就应该告诉他："我不是来适应这个社会的，我是来改变社会的!"年轻，代表的就是一种创造，我们应该勇敢地去做，毫不顾忌地去做，让这个世界，因为我勇敢的创造，而有一点点不同。只有我们敢为，世界才会在我们这一代的手中变得和以往不大相同。

　　"文革"刚刚结束那会，我国法制、文化各个领域几乎到了崩溃的边缘。中国将向何处去是摆在我国领导人面前亟待解决的一道难题。值此政坛彷徨之际，我国伟大的领导人邓小平站了出来，以敢为天下先的勇气对我国旧有制度进行大刀阔斧的改革，拨乱反正，提出改革开放的伟大国策，开辟出一条具有中国特色的社会主义道路，才有了今日的国泰民安。此番事业，若无邓小平敢为天下先的勇气和魄力是绝难开辟出的。事实证明，敢想敢为是一切改变的钥匙。

　　我们应该敢想敢为，让这个世界因为我们变得不同!

做事应有始有终

有这样一则案例：一个大学毕业生参加职业招聘的录用面试，当他迟到了 40 分钟赶到时，面试主管质问："你迟到了整整 40 分钟，还来干什么？"他在简短说明理由之后说道："我知道没希望了，我只想看您在不在，好让我当面说声对不起。"出人意料的是，这名大学生竟然应聘成功。这个案例让我心情久久不能平静。我在想，若是自己，会不会在迟到 40 分钟的情况下仍能到现场。而他成功应聘的结果却告诉我，无论我们做任何事情都应有始有终，我们应对所做之事有一个圆满的总结。

蜚声中外的京剧大师梅兰芳先生，小的时候非常喜欢京剧，每次看到戏台上有人表演时，他会情不自禁地附和，常常是台上人唱一天，他在台下也唱一天。后来，他到戏园里去拜师。老师傅看到他的眼睛叹息地说："你的眼神发暗、动作不灵活，不是学戏的料。"梅兰芳愣是不信这个邪，他不甘心，于是每天看天上的飞鸟、看池中的金鱼来锻炼眼睛紧随鸟鱼动作的灵活性。终于在这种刻苦和坚持不懈的努力下，他取得了成功。如果梅兰芳在面对老师傅的评价后放弃，梨园便会少了这样一位造诣精湛的戏曲大师，而梅兰芳先生也不知会在哪里实现其人生价值。

梅兰芳如此，遭受宫刑的司马迁亦如此。

　　在遭遇精神和身体双重伤害后，西汉著名史学家司马迁仍有始有终地完成著作《史记》。司马迁遭遇政治打击及身体迫害后，他坚持完成了这部作品。鲁迅评价它为"史家之绝唱，无韵之离骚"，这部作品开创了中国纪传体叙事的先河。

　　《伤仲永》这篇文章很好地警告了人们做事应有始有终。方仲永小时候写文章，佳文丽作几乎脱口而出，他的父亲便带他到各家去做文章、诗歌。随着年龄的增长，仲永的知识仍然局限于小时候，他没有得到老师的指导，没有看其他的书籍，结果成年后，便"泯然众人矣"。

　　仲永的故事令人扼腕叹息，倘若仲永继续学习，补充大量的知识，他有始有终应该会有一定的成就。

　　在奥运赛场上，我们平时只看到了夺冠的选手们精彩的瞬间。对于那些比赛失利，但仍坚持将比赛进行到底的选手更令我们敬佩。他们有始有终的做法值得我们学习。

　　在生活中，我们无论做任何事，都应该有始有终，这不仅是对我们自己负责任，更是对他人的负责。

把握机遇　收获幸福

机遇的种子，若不及时播种，只会被一点点蛀空。唯有紧紧把握及时播种，才会收获幸福。

人生之路漫长又曲折，良机错失知多少？苏子曰：来而不可失者时也，蹈而不可失者机也。机不可失，时不再来。古人云：君子藏器于身待时而动——只有及时把握机遇，才会收获幸福。

著名作家余华出名前是一名牙医，然而他"身在曹营心在汉"，始终怀着一颗成为作家的赤诚之心。二十二岁那年，他抓住到县文化馆学习的机会，不断努力。三十三岁时凭借一部《活着》终于轰动文坛。试想，如果余华错失机缘，未能继续学习，也只能以治牙为生庸碌一世，又何谈成为享誉世界的大文豪？由此观之，把握机遇多么重要！

莫泊桑小说《漂亮朋友》中的男主人公杜海瓦，利用朋友的关系得到一次在当地报纸发表游记的机会，以此得以崭露头角。后来朋友去世，他以此为机正式踏入上流社会，发展了自己事业。虽然杜海瓦是以一个不光彩的投机者形象出现在文学作品中的，但他紧握机遇的智慧值得我们首肯与学习。正因为他把握了机遇，才得以春风得意事业有成。

我们个体的成功缘于把握机遇，付诸行动，然而集体的命运又何尝不是如此呢？

　　人们都说苹果的成功来自乔布斯的创意，其实最根本的原因是苹果公司抓住手机换代的时机，借助了传统手机向智能手机转化的趋势。早在诺基亚的单机智能时代，乔布斯就敏锐地察觉到了大势所趋。抓住了更新换代的机遇，不断研发创新。最终凭借 iphone 系列产品使苹果公司满血复活。反观故步自封的诺基亚，最终倒闭被收购，不就是因为没有把握住机遇吗？

　　辽沈战役中，如果林彪在围锦州与打长春之间进退犹豫不定，也只能贻误战机；淮海战役中，如果黄淮兵团能够快速向徐州运动，抓住战机，与黄百韬兵团配合，又何至被分割全歼？——机遇是国家存亡天平上的砝码，谁能把握它，谁就能主宰天下沉浮。

　　时来天地皆同力，运去英雄不自由。明者因时而变，知者随事而制。施耐庵亦云：当取不取，过后莫悔——我们一定要把握机遇，莫要错失机缘。所谓：宝剑赠英雄，佛渡有缘人。只有把握机遇，才能收获幸福！

幸福勤中求

　　从前有两个穷困的年轻人为了追求幸福而向幸福使者求助。幸福使者沉默不语，只是给他们每人一粒种子。其中一位回到家后，将种子供起，每日虔诚地祈祷，日复一日仍然一贫如洗；另一位则将种子埋于地下，每日施肥浇水，辛勤培育。几年后，他便拥有了一片果园，得到了幸福。

　　故事中两个青年拥有同样的经历，却各有各的结局。我自然是十分欣赏第二位青年的做法，因为在追求幸福的道路上，你只有付出艰辛与汗水才可能会得到回报。简而言之，努力，是获得幸福的必要手段。

　　众所周知，新东方英语在教育界可谓领头羊，但其创始人俞敏洪先生在光鲜亮丽的背后却也有着一段辛酸的经历：青年时期的俞敏洪两次高考失利；工作期间，因私自给学生补习而被北大开除。在生活的巨大压力和家人殷切的盼望下，穷困潦倒的俞敏洪没有放弃努力。因为他知道只有不停地努力才能找到男人的自尊，大丈夫的自豪。在他的不懈努力下，新东方英语崭露头角，并逐渐成为教育行业的龙头企业。如今，在新东方学习的学子不下百万，而俞敏洪的故事更是激励了众多追梦者。俞敏洪的成功不是偶然，他用他的经历诠释了追梦者的含义。

　　美国前国务卿赖斯，是个地地道道的黑人。她有个梦想，要进白宫工作，这在种族歧视严重的美国，简直就是痴人说梦。她没有停留在空想的层面上，而是脚踏实地地让自我变得更好。经过多年的打拼，她终于以过人的资质和才干，进入了万众仰慕的白宫，成为美国第一位黑人国务卿。如果赖斯当初只是想想，而没有付出具体的行动，那么她还能成功吗？我想答案是否定的。

　　我们每个人都有梦想，都是追求幸福道路上的一分子。但是如果没有辛勤的汗水，只靠空想，梦想是永远不会实现的。"中国梦"是一个新名词，我们都想完成它。殊不知，只有我们每个人都付诸行动，先实现自己的小小梦想，获得小小的幸福，由小及大，那么十三亿人的梦想才能实现，中国梦才能变成现实。

　　所以朋友们，趁我们还年少，收起自己那天马行空的想象，幸福勤中求，脚踏实地的将思想付诸行动，来实现梦想吧！

从吾所好

　　秋风起，黄叶飞，我漫步于学院路上，看着如潮般涌动不息的人群，忽然袭来一阵疲惫与伤感。在这日复一日、循环单调的生活中，我们浑浑噩噩，委屈了自己的所好，荒废了曾经的所爱，只为此刻苟且地活着。这灯红酒绿的日子充满了机遇也写满了挑战，充斥着诱惑也布满了陷阱，充斥着名利也萦绕着悲叹。我们如狂徒般弃真我、拥假象，高呼"为了生活，丢弃所好在所难免"，然后义无反顾地投入到为生存而战的斗争中。偶尔小憩，心中忽念过往爱好，才有了透心凉的哀怨。我不得不想起令我十分佩服的那个人——荆青，一个为自己所好而放弃任职公务员的人，他将爱好与行为和谐为一，在热爱的建筑事业中打拼出一片天地。

　　人生最幸福的事莫过于像荆青一样，在热爱的领域做出一番事业。兴趣是最好的老师，荆青能取得如此成就，与建筑是其兴趣所在有着密不可分的联系。盎然的兴致使他能够在学习与工作中获得不断的动力并乐在其中。这不仅有助于加快他的进步，还在很大程度上免去了因烦躁与抵触情绪而产生的心理压抑。

　　大多数的人并非可以如荆青般潇洒从容，而是如苏珊——一个疯狂热爱音乐却一脚踏进了证券的人——一个弃自我爱好不顾的人一样。出身于音乐世家的苏珊深爱着音乐，却因为各种原因奋斗在了证券界并成为风云人物。这位金融巨人在普通的民众眼中是"成功"的代名词——有金钱、有地位、有影响力。可我想苏珊自身并不会因此而感到幸福，世人的羡慕只会成为她心中的无奈。受职业道德的制约，骑虎难下的她又不得不对这份工作负责。晚风下，她会不会想起自己挚爱的音乐梦呢？

我们不能用世俗的眼光来评定自己成功与否。面对这个问题，荆青迈出了勇敢的一步——辞掉工作！这一刻，他是"安能摧眉折腰事权贵，使我不得开心颜"的李白，是"少无适俗韵，性本爱丘山"的陶潜。

封官加爵自古以来都是大众不弃的追求，但荆青知道：评判行业的优劣不能看待遇，区分人的高低也不应看权力。从己所好的职业才是好职业，充分发挥出自身的优势才算实现了自我价值。

腾讯总裁马化腾曾说过："职业并非限制我们的枷锁，而应是帮助我们实现自我的一种方式。"虽然一个人可以涉猎多个行业，拥有博采众长的广度，但却难有登峰造极的深度。而荆青十年磨一剑，最终做出了卓越的业绩。故若想精于一行，必先爱于一行，正所谓"知之者不如好之者，好之者不如乐之者"。

无论是苏珊还是荆青，都有靠足够的收入赡养家眷、用成功的事业回报社会的责任。但当沉甸甸的责任与荆青的一腔热血完美融合时，责任也会成为一种快乐。

志若可求也，虽执鞭之士吾亦为之，此为"从吾所好。"

逐梦而生

心中有梦不妨逐梦而生，因为坚守梦想，方显人生。

如果说有人因为没有"假如"而做好本职工作是一种理性的智慧，如果说有人选择在逐梦前感恩工作，感恩生活是一种安分，我更青睐逐梦者如荆青，为梦而生，率性而为，活得潇洒自如，纯粹动人，如诗如画。

世界不缺乏梦想，而是缺乏像荆青一样的逐梦者，似乎这种执着只有在高于现实的文学作品中才得以展现。而事实上，生活中我们正是像荆青一样的逐梦者，我们的世界虽平凡却在充满荆棘的路途中散发着光彩与希望。如果说生存是根本，这并没有错，毕竟物质决定意识，这里的生存应该不仅仅停留在物质层面，当今时代，面对内心困乏的现状，我们必须用心浇灌心中的摩尔庄园，那片未开拓的沃土，埋藏着理想的光芒。

"我没有权利选择出生，我却有机会选择生活。"荆青的一生，挥洒自如的是对人生理想的追逐。少了几分"自对黄莺语"的孤僻冷清，多了几分"大风起兮云飞扬"的飘逸、洒脱，对梦想的追逐从古至今便是人类面临的最为本质的东西之一。栖居于世，梦便是心灵的憩所，有梦，深夜里的海棠花不再孤单，清晨中的金丝雀不再寂寞。显然，向生活妥协者无法享受到这种美好。荆青与荆青们，用人生践行理想，追逐梦想，他们是接近"天上人间"的真性情。

　　逐梦而生，不断丰厚自己的羽翼，让梦想在磨炼中得以升华。如果一味"做梦"便会失去方向，陷入困顿，要想柳暗花明，必须从内到外锻炼品质，增长技能，才可能扶摇而上，俗话说得好：你只有十分努力，才能看起来毫不费力。荆青便是如此，世人皆贪念公务员的"铁饭碗"，殊不知成仙成魔的豪放自如，必将是付出了寻常人无法预料的辛酸苦楚。正如冰心说：当人们惊艳她（花）的美丽时，却无法知晓每一次绽放都是一段血泪。

　　我们需要感恩生活，这没什么不妥，我们也理应接受平淡守时，活在当下，但我向往的是另一种自由，那便如荆青般，专注于自己心之所向，世界因逐梦者的风采而愈加美丽，我生而向往光明。

　　心中有梦，逐梦而生，荆青做到了。

善假于物

荀子云："君子生非异也，善假于物也。"懂得凭借，方可云淡风轻、事半功倍。

世界从来不缺普通的石块，而缺少光芒夺目的钻石。生活中有许多人也常会发出石头般的疑问："我比他们到底差在哪儿呢？"

差在"凭借"二字，差在不懂"站在巨人的肩膀上望世界"的道理。

对凭借的理解是必需的，不能有差池。乔布斯在参观施乐图形界面之后，直接将其创意应用于新推出的苹果Ⅲ当中，结果大获成功。面对有人"工业史上最严重的一次抢劫"的指责，他说道："伟大的设计师总是不介意窃取创意。"乔布斯是凭借施乐绚彩图形界面没错，但他在此基础上进行了极其大胆前卫的改革与创造，这才是凭借的真正意义。他的睿智之处恰在巧妙地用他人智慧来完成自我构想，将苹果产品推向世界中心。

乔布斯"善假于物"，是抓住他人、他物的某个点与自己的想法产生碰撞，从而创造新的价值。然而，并非所有人都能正确理解"善假于物"的含义，所以现实生活中出现了"傍"一族，他们傍大款、傍土豪、傍父母，他们自以为是凭借，却在不知不觉中成了社会的寄生虫。

他们其实不懂凭借。

凭借需要胆识与能力。钻石之所以能在光下耀眼，在于它们不惧风雨黑暗，敢于从石块向钻石的华丽蜕变。《小时代》在选角时，演员谢依霖自告奋勇地站出来，表达了自己想饰演唐宛如的愿望。当她真正参演并凭借《小时代》红透大江南北之后，不知有多少同类型女演员把此归于"机遇"。她们不知道的是，想凭借，也需要有勇气和实力。人人都知星光耀眼，却鲜少有人变成钻石，去与它争辉。

善假于物还需要自己的创新，需要一双善于由此及彼观察世界的眼睛。牛顿曾言："如果说我看得更远，是因为我站在巨人的肩膀上。"他在承袭前人研究的同时提出了自己的力学体系。后来他思想的清辉恩泽了爱因斯坦等一大批物理学家。无独有偶，尼采、康德承袭古希腊哲学体系，创立了"新世界的运营秩序"。他们都在凭借的基础上取得了突破。在凭借中谋求创新，才会成就其最深远的意义。

终日而思，不如须臾所学；跂而望矣，不如登高博见。懂得凭借的道理不仅适用于荀子那个年代，在如今的日新月异中也自有其深意。像划船逆流而上，别人用手拼命划水，甚至有人跳入水中用游泳对抗急流，而你拿出桨，扬起风帆，拥抱这个世界。

善假于物，成功的秘密武器。

台上十分钟　台下十年功

　　成功和努力往往是分不开的，洒过辛勤的汗水才可能换来成功的喜悦。这世界上有很多优秀的人，我们只看到了他们成功那一刻的光鲜，却忽视了在这一刻背后所付出的努力。

　　你羡慕优秀的演员生活多幸福，但你没看见无数个日日夜夜里他们对着镜头无数遍地重复台词；你会羡慕伟大的科学家获得的荣誉，但你不知那振奋人心的成果占取了他们多少个与亲朋好友团聚的日子；你羡慕空中的雄鹰展翅飞翔，却不知道它们初学时因一次次失败而摔落。没有什么成功是不用努力就可以换来的，即使有些努力并不代表着一定换来成功。

　　居里夫人，一生投身于科学事业，为我们今天的核能物理做过很大贡献。没日没夜地研究、实验，明知化学材料对身体的危害，却依然义无反顾。

　　春晚上的杂技表演，每一个动作，每一个环节都要经过上百次、上千次甚至上万次的训练，只为换来最后台上几分钟的精彩。

　　大阅兵上，无数位士兵都要经过很久的排练，即使生病，也依旧在烈日下站上几个小时，只为给我们带来那一幕幕的震撼。

　　演员们看似光鲜亮丽，在那令人惊艳的表象后，是他们不畏辛苦奔波，每天练习台词无数次，数十年如一日的生活，才造就了其荧屏上的辉煌。

　　试问，如果没有红军万里长征，能有今天的中国吗？如果没有革命烈士的努力，能造就今天的国泰民安吗？如果没有国家领导人的韬略，能有今天的繁荣昌盛吗？

　　每个人都会累，当你累的时候，就告诉自己坚持坚持再坚持，"台上十分钟，台下十年功"，如果你就此放弃了，那一切努力就都白费了。

　　如今，我们作为一名高三的学生，能做到的就是不放弃，努力拼搏，为自己的未来加把劲儿。

　　想想过去十多年的努力，再想想剩下的二百七十多天时间，坚持住，就离成功又近了一步。别羡慕他人的成绩，只有努力，终有成功的一天。

　　让我们一起努力吧！成功是留给有准备的人的，用这些年的青春为自己交一份满意的答卷！

取彼之光　成己之彩

正如钻石借助星光使自己更加耀眼，那一轮弯月也是拥抱太阳的光芒才能洒下令人魂牵梦绕的清辉。

取人之美，成己之美，天下之大美，何乐而不为？

一个人的能力固然有限，但是如果他能看到别人的闪光点并适时加以利用，就会逐步完善自己进而实现自我提升。《荀子》有云："君子生非异也，善假于物也。"善于借助外力者，常常能集众之所长，无往而不胜。

对待他人的优点要善于吸收和利用，就如同钻石反射星光，成就自己的辉煌。且看汉高祖刘邦，本身一介亭长，却善用陈平、张良之谋，萧何、曹参之策，樊哙、周勃之勇，终成一代帝业。韩信曾说："大王不善将兵，而善将将。"这正是其善于用人的真实写照。反观项羽，为人刚愎自用，不肯授用他人的光芒，导致谋士纷纷背弃而去，最终落得个自刎乌江的下场。故曰：待人接物，取其所长为妙。故步自封，徒自敝耳。

善于接纳别人的光芒，不仅是实现目的的方式和手段，还是自我升华和自我淬炼的有效途径，使自我获得超脱原本意义的新生。诺基亚公司自苹果上市以来一蹶不振，在这大厦将倾之际，它发现了微软在客户端方面的闪光点，并抓住时机与其合作，推出了携带微软操作系统的诺基亚专属机。一举为诺基亚找回了市场份额，迎来了企业发展的第二春。所以说他人的光芒既可以锦上添花，也可以雪中送炭，在穷途末路之际，他人的优点或许可以帮助我们脱离困境。

当前社会进入了一个恶性竞争的怪圈：人人都渴望创新却不愿迈出虚心学习的第一步。耻于和其他企业强强联合却以山寨、抄袭为能事。彼此间严重缺乏取长补短、共同开发的理念和共识。

这是工业社会的一个通病，是社会财富私有化带来的必然结果，殊不知"零和博弈"带来的只会是两败俱伤。只有彼此交流沟通、互利共赢、发现对方的闪光点并加以充分利用，才可能使创造的社会财富充分涌流。

假借外力常常使事情变得简单而易于处理；善于吸收更能让人的价值实现升华。取彼之光，成己之彩，相得益彰，不亦美乎？

总有一种态度

态度影响人生，确实如此：如果你选择的是愤世，那么你就永远不会快乐，只能是"寻寻觅觅，冷冷清清，凄凄惨惨戚戚"；如果你选择的是抱怨，那么你就永远不会成功，只能是"飘零遂与流人任"；如果你选择的是黑暗，那么你就永远不会看见光明，只能是"我寄愁心与明月"。

人的一生不可能一帆风顺，或多或少会有迷茫彷徨的时刻，只有保持良好的心态，才能更好地解决路途中的艰难险阻。大树从容接受风为它修饰身材，雷为它劈去放肆，雨为它拂去尘土，电为它斩去高傲。因为有了这些风风雨雨的帮助才造就了它的高大茂密。

宋代大文豪苏轼，虽遭受"一封朝奏九重天，夕贬潮阳路八千"的磨难，但他没有为此郁郁寡欢，而是潜心于文学，写出了"竹杖芒鞋轻胜马，谁怕，一蓑烟雨任平生"的豪迈。

音乐巨人贝多芬，虽失去聆听整个世界的能力，却以顽强的意志扼住生命的咽喉，最终成为著名的钢琴家，为我们留下了无数动耳的乐章。

最受孔子器重的颜回，"一箪食，一瓢饮，在陋巷"，在"人不堪其忧"的漫长岁月中乐观执着地追求心中的仁爱，其惬意豁达为后代世人树立了典范。

当今阿里巴巴的总裁马云，面对第一次高考仅考了 1 分的尴尬结果没有气馁，屡战屡败，屡败屡战，最终创造了今天的他，一个成功的他，一个受人瞩目的他。

一种积极乐观的人生态度很重要，相反，一种悲观的人生态度会令你心中无安宁。

被楚怀王见疑的屈原，心中多生哀怨，最终投入汨罗江结束了生命；才高八斗的曹植，因无法忍受其兄长的多般刁难，每日只能"放浪形骸"。他们悲观的态度使其锐气尽褪，全然没有了英雄豪气，留给后人的只能是声声长叹！

新时代的我们，不能因为一点挫折、困难就自暴自弃，要不气馁、不放弃，努力克服困难、解决难题。俗世总有俗世的烟火，总会有难过、失落等消极情绪，要学会把消极情绪排除掉，让自己变得乐观、开朗，不要给自己过多的压力。

为什么世界上每天都有人抑郁，就是因为态度，态度决定你选择走什么样的路，美好的日子还在等着我们呢！

要始终坚信：明天会更好！

坚守本心

　　默默奉献的泥土不事张扬，却赢得众人称颂。而当敦厚朴实的泥土接受风的诱惑离地而起时，它便失去了本心，成了人人厌恶的灰尘。

　　在这个五彩斑斓的世界，充斥着各种各样的诱惑，唯有坚守本心，才能不被诱惑所迷，不会成为被人厌恶的"灰尘"。

　　一个人如果无法坚守本心，被外物诱惑，他就会成为欲望的奴隶。和珅深得乾隆皇帝重用，身居显位达二十多年，可他没能守住臣子的本分，被金钱所诱惑，最终贪得无厌的他落得个被抄家的下场。现在，中央反腐工作开展得有声有色，贪官相继落马。这些没能守住本心的官员，被权、钱、色所惑，不能恪守职分，不仅葬送了自己，更损害了国家和集华的利益。坚守本心说来简单，做到却难上加难。许多官员明知作为党员须坚守党性，却耐不住诱惑，一再贪腐，触犯党纪国法。因此，在诸多诱惑面前，我们要有定力，唯有如此，我们才能坚守本心，成就自我。

　　为何须坚守本心？是因为相对于诱惑来说，我们坚守的东西更值得珍惜、付出。美味的食物对于饥饿的乞人来说，简直是无法抗拒的诱惑，却因为被人蹴尔而予之，所以乞人不屑。因为对于乞人来说，比食物更加重要更值得去坚守的是尊严，因为他们不愿放弃这份尊严。因此他们守住了本心升华了自我的品格。孟子说:"生亦我所欲,所欲有甚于生者,故不为苟得也。"为了义,孟子选择坚守道义,宁愿身死,也不愿失义。在我们珍视的东西面前,我们更要坚守本心,不失去那份美好。

坚守本心,需要有坚强的勇气和意志,能够不畏风雨,守住自我。面对是否投降匈奴这道考题,李陵选择了是,苏武却选择了否。无论是封赏的诱惑,还是艰苦环境的磨难,都不能让苏武这位汉使改变自己的选择。在艰难困苦面前,他用坚强的意志抵挡风雨的洗礼,用坚守本心抵挡诱惑的侵蚀。他手持汉节,不忘初心,胸中燃烧着熊熊爱国之情,这一切让他滞留胡地数十年仍能勇敢而坚定地直面诱惑,坚守本心。

坚守自己的本心,就是要坚守自己做人的底线,不被外在的东西所牵绊、所迷惑,而迷失自己。

守住那份朴实

泥土因其敦厚朴实地奉献，赢得无数赞誉，后来却因受了风的煽动而动摇，沦为灰尘，令人讨厌。这世界光怪陆离，诱惑很多，选择也很多，而我们唯有守住内心的朴实，抵住诱惑，方可不忘初心风雨兼程直抵成功彼岸。

海子曾说："要有最朴实的生活和最遥远的梦想，即使明天天寒地冻，路遥马亡。"面对周遭充斥的诱惑，海子始终行走在人群的边缘，保持一颗圣洁而独立的内心，面朝大海，春暖花开。这城市车水马龙，充斥着太多声音，你可以倾听，却不能被淹没，要时时提醒自己守住那份朴实。

俄国作家列夫·托尔斯泰一生不事奢华，穿着朴实，从不为盛名所累，终于写出了一部部不朽的名作。虽然最后他伟大的生命终止在一列寒酸简陋的火车上，但依然对世人做出了最高贵的诠释。让我们知道，即使周遭物欲横流，也还是可以守得住内心的质朴与美好。所以，我们该知道，诱惑即是考验，守住底线，才不是对生命的辜负。

抵住诱惑已属难能可贵，但若是在享受过后依然能全身而退且回归朴实，则更加不易。在抗日战争期间，清华、北大和南开迁至云南组成西南联大，房屋僻陋且警钟长鸣。抗战胜利后，三校重回旧址，许多教授却依然保持着简朴的生活，令人叹服。守得住朴实，就要把荣辱踩在脚下，把名利抛在身后，把贪婪拒之门外。俞敏洪说："名利和欲望就像天上的云，你不能躺进去，不然就会摔下来。"奥运冠军孙杨就曾在名利与欲望的云里躺过，后来经过艰难的调整，终于重回轨道。

魏晋的士子、唐代的梦得、美国的梭罗都在守着那一份朴实，或守着清静的竹林或居着陋室或念着那一方故土，远离外界的喧嚣，让内心回归平静，凭借的是强大的心灵，仰头高歌，歌颂那些朴实而又高贵的灵魂。生活所给你的一切并不是让你心安理得地享受，而是要让你一一做出选择，浮躁的社会像高楼大厦金碧辉煌，反射着刺眼的光芒，而朴实的内心才会让人舒服，才更加真实。身处物欲横流的世界，我们不能汲汲于富贵而典当了当初的追求。

守住那份朴实，让灵魂高歌。

花酒人生

　　当岁月流转与时光轮回都已无迹可寻，当闲云野鹤与东奔西走早已无影无踪，我们得半日清闲，沏一壶茶，寻一处亭，仔细回味我们的一生，依稀如梦，恍惚如昨，可仍然有一种东西躺在老时光里，那就是善与恶的较量，花与酒的交融。

　　宠辱不惊，闲看庭前花开花落；去留无意，漫随天际云卷云舒。陶渊明，那个东晋的"菊之隐逸者也"，他是那么的喜爱菊花，他将他所有的爱与希望都寄托在菊花上，菊花让他淡泊，淡泊使他明志；菊花让他宽容，宽容使他遗世独立。无论是善良的还是丑恶的，是甜蜜的还是痛苦的，都在他掬起那束菊花之时，保持住了它高贵而纯洁的本质。陶渊明的花让他拥有了魏晋风流的风度。

　　生活不只是如花般恬静，还犹如酒般浓烈。喝一杯岁月的酒，一股热气在心底慢慢扩散，迷懵恍惚中，人生顿时充满激情与豪气干云。这不得不说一个人，他就是宋代豪放派大词人苏东坡。苏东坡往往喜欢携一壶酒，拿一支笔，开始那名扬千古的填词行为。填词，是其内心情感的一种宣泄，是自我心理平衡的一种需要，是对外物对抗的一种寂寞。他的文，多少带有浓烈的酒味。人们熟知的《念奴娇·赤壁怀古》以及《前赤壁赋》皆为带有醉意的作品，要知道酒是文人的情人。苏东坡深知清醒时是儒家；醉酒后是道家，这一辈子风雨彩虹、诗酒人生，何不潇洒一回呢？生活在庙堂之上、明镜之前皆不能言真言的时代，已是一个政客的悲哀，他作为一个文人，就需要酒的陪伴。

生活总是这样，善与恶，谁又能分得清？既然分不清，何不过上花酒人生？忘记痛苦与失意，铭记宽容与温馨，摘一朵淡泊却幽香的菊花，喝一口浓烈却解愁的美酒，带着一腔对生活的向往，你会发现，远方是康庄大道。

尊　重

与人相处需要相互尊重，我们不仅要尊重自己，更要尊重他人。

近日，在网络上备受关注的上海地铁啃鸡爪事件的主公人被曝因压力过大而辞去工作，她曾经工作过的单位也受到了一定影响。此消息一出，众多网友在感叹恶有恶报的同时，也在思考这样的结果究竟是好还是不好？

不尊重自己就无法获得别人的尊重。上述事件的女子在公共场合的不雅行为不仅是对身边乘客的无视，更是对自己道德素养的亵渎。这种行为直接葬送了她作为小提琴老师所应获得的尊敬、美感，她的职业生涯也因此而完结。对于其他乘客的劝诫，她不但没有意识到自己的错误，反而与乘客发起了"骂战"。这种恶劣的行径受到众人的指责是理所应当的，因为不懂得尊重他人就不会获得他人的尊重。该名女子没有坚守自己作为老师应有的素养与职分，这也是对自己的不尊重，一个连自己都不尊重的人又怎么可能懂得去尊重别人呢？

换个角度来讲，"以暴制暴"是另一种意义上的不尊重。如果说该名女子的做法令人愤怒，那么我们是否也要用同样缺乏道德的方法来回击她呢？

网友们对她进行人肉搜索，将她的私人信息堂而皇之地放在网上，这是对犯错者的直面侮辱，这种做法无一分人性关怀，这种做法不仅会对犯错者的身心造成恶劣影响，也会对受害者工作单位造成不良影响。网友们却为自己的暴行披上"为民除害"的外衣，让犯错者成为众矢之的。这种粗暴的舆论攻击无情地剥夺了他人被尊重、被保护的权利。他们在批评别人不道德的行径时却也拉低了自己的道德底线，这就是当今时代的网络暴力。

　　有位作家曾说：包容，是一种美德。不管该女子犯了多大的错，我们都不应该使用侮辱性的手段来以暴制暴。尊重，是一种美好的品质，学会尊重他人是我们人生的必修课，当我们站在暗处看着那些被攻击的人的时候，我们要切记，只有尊重别人，善待别人，我们才能获得别人的尊重。

宽容，是一种力量

前几天见到这样一则新闻：一位大妈站在大街上嗑瓜子，不一会儿原本干净无比的街道变得脏兮兮的，过路人都向大妈投来异样的眼光。就在这时，环卫工人陈阿姨上前对这位大妈好言相劝，不成想该大妈不但不认错，反而变本加厉，辱骂并捆了陈阿姨一巴掌，将陈阿姨推倒在地。陈阿姨不卑不亢，默默地一遍遍清扫瓜子皮，最后该大妈不得不赔礼道歉。看到这则新闻，我不禁感慨万千：面对大妈的辱骂，陈阿姨没有用恶俗的言语回击，而是选择退避忍让。她的忍让让目击者肃然起敬，最后，那位嗑瓜子的大妈不得不向陈阿姨赔礼道歉。所以，有时宽容也是种力量。我为陈阿姨的宽容点赞。

同等情况下，换作他人，也许会与大妈争吵起来，严重的话，还会大打出手，这在我们日常生活中并不少见。邻里之间会为了你家的狗咬了我家的猫这种鸡毛蒜皮的事闹得鸡飞狗跳，同学间会为了你踩了我一脚而心生怨恨于是偷偷找机会再回你一脚，类似的事情屡见不鲜。这样做法不仅不能解决问题，还会让矛盾升级，最后两败俱伤，得不偿失。

反观陈阿姨，她虽是环卫工人，但她却明白这个道理：以退为进，被大妈辱骂后不但不还嘴，还继续将工作做完。在经过调解后，她原谅了大妈，最后她不但得到了赔偿金，也获得了大家的称赞与尊重。

宽容能够改变一个人，在电影《北京遇上西雅图2》中，房产经济人大牛想要买下一对老夫妇的房子，把它拆掉盖成两幢，以达到获取两倍利润的目的。为此，他采取短暂陪伴在孤独老人身边的计策，骗取他们的信任，然而，老人们的善良逐渐感化了他。后来，老人发现他的目的后很伤心，但还是给予了宽容与谅解，大牛的内心也得到了救赎。大牛曾经说过：我就像一盆仙人掌，刺痛别人的同时也伤了自己。所以，只有学会宽容，才能填补自己内心的空白。

试想，如果新闻中的那位大妈能够早些明白宽容的意义，她就不会辱骂陈阿姨，也就不会有道歉赔偿，还被舆论谴责。可见，宽容别人的同时，我们自己也是受益者。

宽容，是一种人生智慧，它不是在困难面前软弱的妥协，而是巧妙地避开锋芒，保护自己也警示他人的方式；不是品头上占上风就是赢家，我们应该要有"让他三尺又何妨"的气度与涵养。

宽容，是一种力量，它在你看不见的心底深处给予你动力，它使我们变成更好的自己，让我们学会把别人放在心上。我为拥有这种力量的人点赞！

人必有信

  孔子说:"人而无信,不知其可也。"一个人说出的话就是一种责任,应该承担起这份责任,既已说出,必须做到,要知道诚信是我们立身于世的生存法则。

  说到做到体现的是一种正直、诚信的作风,我们对家人、对朋友都应言而有信。诚信像土,一亩心灵之土,为无数幼苗提供营养,使它们开出美丽的鲜花。诚信像水,一泓生命之水,滋润着小树,使它们迎风而立,长出茁壮的枝干。

  中华民族历来崇尚诚实守信,古往今来,诚信的事例数不胜数,古有季布一诺千金、曾参诚信教子、宋濂连夜抄书;今有邓颖超冒雨赴约、列宁依时归还图书。他们用自己的行动向世人展示了一个深刻的哲理,那就是:只有诚信的人才能获得别人的信任和尊重,才能有所作为。

  有时诚信是对亲人的承诺。孝,是天下最美的情感。父母对子女不计条件地付出,关怀着子女的喜怒哀乐、成败悲愤,而子女也应当承担起照顾父母的责任,用爱来回报父母。"诚者,天之道也;诚之者,人之道也。"人生在世,诚信才能立足。对父母的爱不能只停在嘴边,更不是用来作秀的幌子,它只是在父母银丝斑斑时,我们能像他们往昔对我们那般温存。孝,是我们对承诺的履行,唯有做到，才不愧说出。

《周易》中有这样一段话："龙德而正中者也，庸言之信，庸行之谨；闲邪存其诚，善世而不伐，德博而化，易曰：'见龙在田，利见大人。'君德也。"对于这段话的解释，不同的人有不同的看法，寥寥数字，但却包含了人生的大智慧，懂得已属不易，做到更是"难于上青天"。陈毅在担任副总理及外交部部长职务期间患上了支气管炎，医生劝他戒烟，他立即表示活多，但一旁的司机却笑了，因为他知道陈毅每次都因工作辛劳而戒烟失败，而陈毅这次却认真起来说："我小名也叫世俊，长大后叫仲弘，后来又改叫陈毅，寓意万事成功就得有毅力，我这回肯定戒烟。"不愧是陈毅，说到做到，没过多久，就戒掉了几十年的烟瘾。

言必信，行必果。无论事大事小，诚信是立身之本，诚如水，人如鱼，水失则鱼亡，因此，我们必须要谨记：一诺千金，说到做到。纵使千帆过尽，即使栏杆拍遍，就算受人之欺，我们也要以"诚信为本"，去追求有品位的人生，因为，生命，总应当有真情，总应当有所期待。

让创造之花开遍心野

泰戈尔说："只管往前走，不必逗留去采集那些花朵，因为这一路，花朵自会继续开放。"不要沉浸在昨日的成就，学会创造。当创造之花开遍你的心野，人生路上，便处处是花海。

当你感叹已经发生的奇事时，有些人已经开始设想明日的趣闻；当大多数人还惊羡太阳系中行星运动的规律时，科学家们已经将视野投向更遥远的宇宙。"昨日之日不可留"，美好再多都已成过去，我们应该做的，是活在当下，创造更加美好的明日。

创造是将人脑中的构想与现实事物结合起来的过程。创造亦是将心中的计划付诸实际，实践梦想，充实信念的过程。乔布斯曾说："我只是想在宇宙中弄出一点响声。"于是，他构想，他实践，创造之花悄然开放，待其漫山遍野开放之时，苹果问世，真可谓苍穹一鸣，震撼天际。创造不意味空想，更不意味埋头苦干。圣人孔子说的"学而不思则罔，思而不学则殆"正是此理，学思结合，构想与实践结合，便是创造的过程。

为何创造能让人翱翔于无垠的宇宙？为何创造能让人无畏于艰险的前路？为何要创造？

创造是突破的前提。我认为，创造加上努力便是突破。无创造，何谈突破？没有创造的努力只能称之为进步，而创造会让之实现飞越与突破。创造亦是新时代的必然要求，也可以说，创造力是检验人才的重要标准。在科技飞速前进的今天，只有创造，才能开掘更深的奥秘，只有拥有创造力的人，才能傲然立足于国际舞台。我可以说，没有创造，便没有今天五彩缤纷、日新月异的世界。

当然，培育创造之花，须有土壤、雨水、肥料、春风和熟谙园艺的园丁。具体说来，如何创造呢？其一，把握创造的根本、构想与实践；培养自己的想象力，善于发现奇妙事物；与具体实践相结合。记住，二者缺一不可。其二，勇于尝试，尝试必有失败，要乐观面对失败，乐观的人，先战胜自己，再战胜世界；悲观的人，先被自己打败，再被世界打败。做个乐观的人，笑看创造之路。其三，灵活变通，不死钻牛角尖，遇事多加考虑。变则通，通则达。

世界上所有美好的事物都是创造力的果实。我要做一个能创造的人，造福家庭，造福社会。同时，我希望每个人都拥有创造力，让创造之花开遍每个人的心野，开遍世界的角角落落。

在高寒处起舞

　　若要问当今电子商务做得规模最大的一家是谁，答案毫无疑问，当属阿里巴巴。阿里巴巴不断发展强大，成为行业内龙头老大。但马云却坦言，阿里没有那么强大，且会遇上更大阻力。阿里处境危险，似乎正合那句"高处不胜寒"，但我相信，即便"高处不胜寒"，也可以"起舞弄清影"。

　　每个人都有个潜在的饱和限度，当你已经达到某个高度以后，就很难再向上攀爬。马云也曾比喻他自己正处于七千米的高空，虽然很多人看着他风光无限，但其跻身高处真的是非常累的，他坦言如果时光可以倒流，他不会想成为现在的马云。这些话虽然听起来有些悲观消极，但其实不然。在高寒处起舞是一种积极的人生态度，是拒绝平庸的方式，是对自己的挑战，是对自己安于现状的否定，是对理想与信念的具体实践。

　　在高寒处起舞，在苦难中孕育伟大。任何事情都不能一蹴而就，前方阻力重重，但当你走出苦难，必将孕育出最美的花朵。孔子周游列国，宣传儒家思想，遭受无数次的拒绝与冷眼，终成一代圣人；蒲松龄用尽毕生精力都在科考，直到七十一岁的高龄才破例补为贡生，我们不能讥笑他对仕途的痴迷，而是应该感谢他对科举制度的深切体会，写出流芳百世的《聊斋志异》，将花妖孤魅和幽冥世界的事物人格化、社会化，在中国志怪小说的领域写下浓墨重彩的篇章。伟人与圣人光环的背后是无限的辛酸与苦难。俗语有言：欲戴王冠，必承其重。想在高寒处起舞，就意味着在披荆斩棘之路上开出勇敢的花来。

　　在高寒处起舞，在坎坷中仰望幸福。生命中有太多道沟壑在你眼前，跨过坎坷，才会拥抱幸福。古希腊傍海而居，海对岸黄金遍野，海中央波浪涛天，唯勇敢者渡过千难万险持金而归；古罗马依山而建，斗兽场里险象环生，成则名利双收，败则身死人亡，唯勇敢者独立潮头。正如阿里现在的处境，即使危机四伏，但依旧可以继续向上发展。选择权在自己手中，想成为果断放弃的失败者，还是成为在高处依旧起舞的强者，想必你已有答案。张爱玲曾说："文学创作这条路很难，我撞得头破血流，但我绝不回头。"张爱玲对文学的热爱可谓执着，她八岁读《红楼梦》，十几岁发表文章，后来终成晓喻门户的女作家，她也曾放弃过，但最后仍选择了创作这条路。

　　现在的阿里发展势头如日中天、轰轰烈烈，但危险也是时刻陪伴，所以大胆向前，在高处起舞，才会触摸到最美的星空。要踏往成功的峰头，就要学会在高寒处起舞！

别让光环蒙蔽双眼

俗话说：胜不骄，败不馁。生活中有太多的光环萦绕着你，也有太多的阴影笼罩着你。请保持头脑冷静，别让自己浮荡。

越有成就的人越知道怎么把控自我，让自己不被光环蒙蔽。阿里巴巴一系列可喜的成就在马云眼里却是危险，不能说马云杞人忧天，而是他能控制沾沾自喜的情绪，冷静地规划阿里巴巴集团的未来。

光环虽美，但并不会永驻，就像韶华易逝，谁也改变不了。当人处在耀眼的光环中时，很容易飘飘然，迷失自己。考试的一次头名并不是你最终排名，你无须欣喜，而应继续努力；某人的一句夸赞并不是所有人的夸赞，你无须自傲，而应做得更好；事业上的一次成功并不是你一生的成就，你无须炫耀，而应再接再厉。一次小成功只是对你一时的肯定，而你若想名垂青史、流芳百世便需要钢铁般的意志和静如止水般的心境。爱迪生曾说过："天才是1%的灵感加上99%的汗水。""一分耕耘，一分收获"，要想让自己永远出类拔萃，有所成就，就要不断耕耘，播撒汗水，这样才能收获美满。

要学会放低自己。徐乾清这一著名水利专家，用尽毕生心血致力于祖国水利建设，跑遍祖国的山山水水，兴建了一项又一项水利工程，到了晚年却仍以"遗憾"二字概括自己的一生。他取得的非凡成就并没有令他骄傲，至于我们这点微不足道的小成就又何足挂齿。不论何时都要放低自己，莫让自己浮躁，放低自己不是让你畏首畏尾不思进取，而是让你时刻保持谦逊。唯有谦逊有礼，方能收获人心，走向成功。谦逊是中华民族长期不变的美德，作为炎黄子孙，华夏儿女，我们有什么理由不去继承呢？

佛门讲求"空"与"静"，这是我们绝难到达的境界，但我们可以做到在骄傲面前说"不"，在光环之中放低自己，莫让自己飞上云端又随雨落下。

请脱下骄傲的外衣，擦亮迷茫的双眼，辛勤耕耘让光环永驻。

沾恋是一剂毒药

在我的身边常常有这样一批同学，天天抱怨上学的苦恼而羡慕那些打工仔的潇洒，而这些打工的朋友又电话跟我诉说奔波之苦，羡慕学生时代的清闲无忧。唉，我不禁仰天长叹：有书可读的学生向往自由自在的潇洒，而进城务工的青年人却渴望书声琅琅的熏陶；身居朝政的官员常常幻想修竹一亩、梅妻鹤子的田园生活，面朝黄土的老农却在憧憬报纸清茶的办公室中的惬意。为什么会这样？原来每个人都有贪念，都沾恋他人所有，所以身在其职而厌其事，"错过太阳又错过群星"，可见沾恋是一剂毒药。

"早起，黎明即起，醒后勿沾恋。"这一修身准则看似微不足道，实则却可以影响到我们生活的方方面面。懂得坚定信念远离沾恋会使我们的人生受益无穷。

我欣赏无事时心在腔子里，应事时专一不杂的人。他们遇事冷静果敢，无事从容淡泊，不以物喜不以己悲，能够淡然应对或急躁或舒缓的每一天；他们时刻保持冷静的头脑与饱满的热情，能够静观云卷云舒，闲看花开花落。诸葛亮可谓此方面的典范，他无心取仕时退居于草庐之中过着悠然恬淡的生活；入仕时又以饱满的精神状态积极为刘备出谋划策。空城计、草船借箭、六出祁山、七擒孟获等等都是我们大家熟知的。试想如果他不能"无时不慎""应事时专心不杂"，那么结果将是另外一番局面。

我也欣赏"读书不二"的人。他们常常能够全身心投入并且专注于所做之事。无论遇到怎样的挫折与困难，都无二心，而是逐一攻破难关。杂交水稻之父袁隆平就是这样一个人，尽管当时经济发展水平落后、研究条件艰苦、政治环境恶劣，然而重重压力之下他仍专注于水稻事业，也正是由于他的专注，为亿万人民带来了福祉。

纵使专一不杂、读书不二十分重要，但专注也好，不好也罢，其前提条件都是要拥有一颗勿恋的心，这颗心让我们"取次花丛懒回顾，半缘修道半缘君"，可以放弃其他诱惑，为了心中的念想坚持不懈。

勿沾恋，让我们应事时专一不杂；勿沾恋，让我们秉持着一书未读完绝不读他书的坚定信念。勿沾恋是专注之本，不二之源。"闻鸡起舞"是不贪求床上的温暖；"头悬梁，锥刺股"是不贪求充足的睡眠；"先天下之忧而忧，后天下之乐而乐"是不贪恋个人的享乐。勿沾恋是万事之源，是值得效法的修身准则。坚定信念、切莫沾恋会使我们拥有值得称道的更为精彩的人生。

自在渡红尘

若道中国何人丹青不厌，妙笔生花，必有白石老人为大家。透过宣纸，依稀可见一位古稀老者，轻沾浓墨，抚手作画，一挥一洒间，自在亦无限。良毫之下，生命跃然纸上，虾神兰韵，或浓或淡，虾须似轻颤，兰叶若拂动。放观近代唯有几人勉强及得此中意，画中境。然而白老人不愧大家之风范，即便年近百年依然轻描红重点朱，日复日，年复年。

这种不为虚华浮尘所遮掩的璞玉般的激情不得不让世人折服。这不单是一般"画"的炉火纯青，更是为那种参悟人生之道的炉火纯青，不得不说，白石老人这种自在惬意赛过桃源神仙。

也许曾为权势而得九重天，入阶地，蓦然回首，看那往事坠入凡尘，堕成朵朵灰色烟雾，亦无可恋，云海之上，别有天地，空泛轻舸，载不动人间红尘万丈，载得了人生百年。望还穿，眼中流年荏苒，唤那无涯成沧海，那种至高至上的清澈心境，空灵不染，若一朝有得，也算不枉虚度一生。哪怕今后走过三生石，也不觉有憾。

纵观历朝历代，并非无人参透红尘。恰如陶渊明，又似诗仙李太白。最羡陶渊明当真放下官场沉浮，家财万贯的世人痴梦，安心务农，闲时轻呷香茗，或吟诗一首，作对一联，此身不付虚活，看那日升瑰丽万丈照山河，看那日落残血昭星辰，这样一生，岂非快哉！也爱李白放荡不羁，我等猖狂而来，自当纵歌而去的豪情，红尘中行走，双眼却似目辉般明亮，踏破红尘，扶摇直上，做不得人龙，自当为仙鲲。细品徐霞客，好一个侠者！一笔一纸一草鞋，走遍天下了如胸，攀高峰，翻凝河，明朝那么大，哪里没有他的足迹！

他们都是名垂千古不朽的奇人，他们也是参破禅机天道的仙者。人生一次，何苦让闲言诸耳，往事迷神，我心坚定自恒久，不峦浮华爱我心，随心而走，做心的远游，莫恋纸醉金迷，月圆之时，一曲雅埙驱俗尘。忆魏晋乱世，阮籍、嵇康皆为无人不晓的大文豪，却一个愿种地，一个偏生爱打铁，抛了名利，披上了世间最美的汉衣。

莫羡那才好佳人，粉衣玉冠，我等一介布衣，赏遍天下花开花落。我自愿穷尽一生为自己铸一泓龙泉，看那玉虹贯日，草兰涧自生香，沉浸在清歌中，不掩本我，释放本性，我愿支一长篙，在岁月的河流中，自在渡江尘，无处染俗埃。

春来花自开

　　每个人每件事都有其存在的价值，正如誓人所言"存在即为合理"。这些人和事在天地间扮演着自己的角色，它们未闻关关雎鸠，不能剑门细雨，却仍手握开启其人生春天的钥匙。

　　泥土，它的使命便是毫无保留地献出水分和养料来供给植物的生长。它的随性而为，赢得了大家的称颂。雨水，它的使命是滋润大地上的万物，让庄稼得以收获，万物得以茁壮成长。任何事物都有自己该承担的责任，该做的事，但往往由于外界各种因素的干扰、诱惑而忘记本该做的。蹙眉顿首、垂头丧气的尴尬气氛占据了生活，让我们误以为这就是生活的本质和全部内容。甚至，在某个瞬间，会以一种决绝的姿势完成所有本该多姿多彩的生活。海明威的手枪、老舍的湖水、凡·高的剪刀、傅雷的安眠药，这些让他们以自己的方式开启了其生命的另一扇窗。然而，这样的方式不得不让人扼腕叹息，我们不要这样的阡陌颠簸也不要这样寂寞沙洲冷。我们要的是春来花自开，雪尽马蹄轻。

　　是的，我们仿若一粒尘埃，很渺小，甚至像一只筋疲力尽的可怜虫，在茫茫苍林中，于沉沉黑夜中卑躬屈膝，只求那一方可以安身的弹丸之地。我们有时想要放弃，因为会有天灾，夺去我们的肢体、美貌和亲生骨肉；会有横祸，夺去我们的血性、激情和梦想，但仍有一部分不会自暴自弃、怨天尤人，他们坚守的是一个人生信条：春来花自开。

我们不得不从古人身上汲取智慧的精华。陈胜，那个敢于撼动秦帝国大厦的人，身为佣工，却有鸿鹄之志，能从更高的视角看到人生的美丽，不因地位低下而自卑，最终为人生写下了辉煌的一笔。他自相信，春来花自开，有了远大理想，才不会为小得小失所羁绊，才会看到生命本该焕发出的光彩，才会体会到人生的美丽。司马迁，那个敢于直言进谏的人，宫刑残破了他的身体，却阻挡不了青灯之下为荆轲写史为李广作传的决心。他相信，春来花自开，屈辱从不曾统治过他的内心，绝望从不曾占据他的内心，他定要死里逃生，活出真我！

我看过一篇报道，讲述一个没有双臂的人在高考当中用脚完成了考试，并取得了优异的成绩。他努力做最好的自己，不服输、不抱怨、不气馁。这种精神值得我们去学习。

相反，并不是所有时刻都能抵抗一切外界干扰，我们能做的只能是努力做最好的自己。泥土为旋风的话语而动摇守在大地怀里的决心，化为尘埃落在人们的身体上，被人们嫌弃。

人生苦短，苦中寻找快乐，丰富生命内涵，提高生命质量，相信春来花自开，不正是我们一辈子都在追求的境界吗？

未雨绸缪是上策

"明天发生的事，我们后天才知道。"这句话我听过很多遍，但我从中思考了一个问题。明天所犯下的错误是否要后天去解决？答案是否定的。那么，为什么我们不能在今天去努力避免明天错误的发生呢？

大多数人只会做事后诸葛亮，在看到已经发生的事情时问为什么会这样，开始着急于解决方案，一旦眼前事解决好，未来几何已置于脑后。显然，很少有人能顾及未来会怎样，做的事情会给未来带来怎样的后果。

我们不应该只顾眼前的一切。明代朱柏庐有言"宜未雨而绸缪，毋临渴而掘井"，这是多么睿智的见解啊。

物理学家牛顿被苹果砸中后，不但从中发现了牛顿第一定律，还继续研究出了第二定律，他在实验前把一切能想的过程都构思了一遍，然后才选择一条切实可行的方法加以实验。如果走一步看一步，第二定律还不知何时被发现，而牛顿也就不会获得那么大的荣誉。

不仅是伟大的人才需要对未来发问，我们也应该做到。

作为一名高中生，我们从小就听过父母无数次教导，告诫我们要努力读书，先苦才能后甜，现在的努力学习是为了明天过上更好的生活。所以我们在日常生活学习中，面对问题，要学会思考、发问。数学老师说过，做题不能盲目地想到什么用什么，要看着问题去想如何通过已知的式子求出结果。如果我们只是一味地去做，不去想这样做对不对，应不应该，就永远都学不好。当然，学习、做事都是如此。不动脑子的努力都是无用功。

古时候有许多伟人，就是因为做事前没想到后果，断送了自己的前程。如我们熟知的悲剧英雄项羽。项羽与刘邦的较量中，不能未雨绸缪，分清天下大势，以至于乌江自刎，悲叹人生。

所以，为了让自己有一个好的未来，从现在开始，我要努力去学习，认识到学习的重要性。不让自己后悔，我不希望未来的某一天，看着自己在夕阳的余晖下哀怨年轻时的不努力，哀怨错失的机会，哀怨流逝的年华。所以，在有限的时间里去准备吧，机会总是留给有准备的人。未雨绸缪，脚下有路，路上有花，花前有情，这就是我想要的人生。

患在不预定谋

"患在不预定谋"是《素书》中的一句话，汉代张良初读此书时，对这句话没有太多认知，直至他领兵攻占下邳之际，才对这句话有了真切的领悟。正是凭借这种超乎寻常的预见力，使他成为刘邦第一谋臣，在成就自己"千古谋圣"美名的同时，也成就了刘邦一代帝业。

彼时张良轻易占得下邳，本应意得志满，他却能及时认清处境，居安思危，领兵投奔当时并不起眼的刘邦充分彰显出张良非凡的预见力和判断力。"患在不预定谋"，是一个警钟，是对未来的一个警示。先预再定谋，才能趋利避害，才能在激变面前而不改色泰然处之。

"预"是指对前路的判断。纵使天下唯一不变的即为变，也不是说未来完全不可捉摸。一旦谙熟事物发展的规律，预见未知也并非全无可能。若想对未来有清晰的预判，有明确的目标，首先要对现状有清晰的认识，对当前的处境有准确的洞察力，能在纷乱的事务中发现那些潜在的祸患，从而做出较为精确的预判，实现对未知祸患的规避。

无论是在顺境，还是逆境，都要有一种拨开浮云，窥见真实的魄力，不因顺境忘乎所以，也不以逆境意志消沉。阿里巴巴正值盛期，集团主席却说出今天的阿里比以前任何时候都更危险的言论。这是一种对未来的冷静思考，马云在成功面前不骄不躁，做出对市场及行业未来、前景的判断，能预先洞察事业发展中的隐患，这种"预"是成就其事业发展的主观因素之一。

成事，"预"是前提。"预"能帮助人们对未来走向有大体的认识，能更从容地面对未来。"预"是思考，是对未发生事件进行的全方位、多领域、多层次的推测。未来像树木，以过去的主干为基础，现在为分界点，面临着许多的横斜逸出的枝桠待人去选择，"预"能帮助人们认清通向顶端的路。"不预"将导致对未来的判断失误，导致事态发展的不可控，辛弃疾诗中"元嘉草草，封狼居胥，赢得仓皇北顾"，由于对两军实力的误判，从而落得个兵败结局，惨淡收场，说的就是没有预判力最终导致失败的例子。

"患在不预定谋"，当年白衣公子的"预"，奠定了汉皇刘邦的帝王之业。千百年来，"预"的精神在历史上不断演绎。古代如此，现在更是如此，唯有拥有预见力，方能拥有未来，唯有拥有预判力，方能珍惜眼下，把控未来。

刷新生命的高度

常言道"吃得苦中苦，方为人上人"。辉煌的人生就是一座山峰，我们唯有每天竭力攀登才有可能登临绝顶。有一天，终于到达峰顶，极目远眺，我们或许会发现更为高远的山顶。这时，只有再次攀援，克服更大阻力才能到达。

然而，生命是无限的。若想不断刷新生命的高度，就必须竭力攀登，且莫为自己的人生设限。

刷新意味着突破。可以是超越，也可以是创新。可以和他人比较，也可以和自己比较。时代在时刻进步，你只有不断向前一次又一次地超越自己，才能不被社会淘汰，所以说如何刷新生命的高度既取决于生活中的点滴也取决于生命中的方方面面。

刷新生命的高度，需要先确定奋斗的目标，目标明确了奋斗才会有方向。有人说生活没有了目标就像航行中的船舶没有了指南针，因此很快会迷失在茫茫大海中。没有了目标便没有方向，如果不知去向何方，生命便失去了色彩，无论进退都不能至远方。目标要从心中设定，做你觉得对的事，做你真心爱的事。这样你才有动力，才会真正做到乐此不疲。

刷新生命的高度，前进不止。努力总有成就，拼搏总有收获。站得越高，望得才越远。远方有新的高山等待你用先前积累下的经验和你对未知世界的探索精神去征服。可能你既定的目的地从未有人到达，可能你会遭遇更大的阻力，但请你不要放弃，请牢记生命不息，前进不止。

　　刷新生命的高度，寻找生命的真谛。一味地向前可能会让你忽略了沿途的风景。整日奔波劳碌为的不只是生活的富足，你还需要充实自己。让心灵去旅行，让自己从开始对物质满足的向往上升到对精神满足的向往上。要时常静下来想想，你现在需要的是否与你真正想要的一样，你是否辜负了最初的自己，甚至背道而驰，你是否真的快乐。

　　一路向前，你要做的事还有很多。只有通过不断登高远眺，才能发现更远大、更充实的目标。你每次站在生命的高峰都要反思自己，何处不足，何处可取，有何收获，有何遗憾。要展望未来，有何希望，有何避免，何处当心，何处铭记。刷新自己，整理好，再出发！

微光中的光辉

　　虽然古往今来圣贤们都在诉说着"人孰能无过"，可他们仍向往成为"十全十美"的人，仍在憧憬着在人生之途上璀璨绽放。人们握住那缕微光，拾起那曾经失落的光辉，为自己的生命添彩。

　　傲雪寒梅在寒冷冬季绽放，它没有牡丹的高贵、菊花的清幽、荷花的出淤泥而不染，但就是这样的花不与人争艳，只为在寒冬中等待那个会欣赏它的人。

　　《麦田里的守望者》的作者塞格尔，在该作品出版后，便从此做了一个与文学擦肩而过的人。在自己最辉煌的一刻离开文坛，流芳于世。《堂吉诃德》的作者塞万提斯从小兵卒小职员到阶下囚，他就是在这种看起来毫无起色的人生中产生了灵感，获得了意外的成功。再比如日本西大寺古茶园为完美呈现其神韵，不令游客遗憾而返，用清水把整个茶园细致地洒了一遍，使得茶园俨然一幅雨后初晴美景。可见，在微光中寻求完美，在渺小中找寻光辉，不正是"不积跬步，无以至千里。不积小流，无以成江海"的内涵吗？

　　李煜曾感叹："问君能有几多愁，恰似一江春水向东流。"本应凭借这一丝难得的才情伫立于文学艺坛之上的他却因身居帝位而受牵绊，最终只得昙花一现，成为亡国之君。赵括空有纸上谈兵之学，却缺少实战经验，最后满腹经纶无一巧用；项羽空有雄才却因无谋事之师而败给懂得巧用贤臣的刘邦。

　　他们都是抓不住生命中那缕微光的人，它就像平湖上泛不起任何涟漪，冷风中不夹带丝毫春意。

　　正值青春年华的我们，怎能甘心平庸于亿万人海中，前人给予我们优渥的条件，让我们得以发挥自己的才能，学有所成，学有所用。正因如此，我们更应该为生命增进光彩，增添光环。在有限的生命里完成最想完成的事，做心中最完美的自己，让生活中的光辉萦绕于身边。

　　微光中的光辉，沉淀着生命中的些许感动、欢笑、欣喜的瞬间与幸福，它在我们的生命开出属于自己的芬芳，找到那抹绚烂的色彩。

学会闹中取静

陶渊明喜欢"采菊东篱下，悠然见南山"的悠然自得，周国平喜欢安静的日子，孟母三迁为其子寻觅静心之所，而我更赞同莫言对喧嚣的正确评判。

正如他所言："喧嚣是社会生活的一个方面。喧嚣这种现象，也不完全是负面的。"

清晨，街道上的鸣笛声、街市上的叫卖声、厨房里父母做早餐之声，甚至是邻居家孩子啼哭声，无时无刻不伴随着我们度过无数个日日夜夜。

生活中充满了喧嚣，不以任何人的意志为转移。我们既然改变不了这种一直存在的定式，不如改变自己，学会在喧嚣中寻找内心的宁静。

俗语说："心静自然凉。"古时候，车马路很长，技术也不发达，没有空调、风扇等家用电器，人们的思想又传统保守，怎耐得过数十载炎炎夏日。正是因为他们懂得了心静自然凉的道理，所以才安然度过每个春秋。老人家总会在夏日里告诉我们要心静。心静、静心，同样的道理，用平和的心态去应对喧嚣，将会忘了它的存在。

古语云："修身、齐家、治国、平天下。"古人对君子的诸多要求中首要任务即是修身。何为修身？修身即正心诚意，具体说来，即清除心里的杂念，在社会生活中寻求内心的一份宁静。

有时，喧嚣并不完全是负面，它可能会在无声息中带给你宁静所不及之处。

莫言，中国唯一一位获得诺贝尔文学奖的作家。他从小生活在农村，但也正是农村生活中各式各样的喧嚣造就了他。他曾说过，那种贴近于自然的生活为他的创作带来了无限的灵感与创作动力。

母亲总告诫我，学习就要做到，"两耳不闻窗外事，一心只读圣贤书"。学会闹中取静，做事须稳重，不能因为一些小事就自乱心智。

作为中学生身处纷繁扰攘、光怪陆离的社会间，若要做到闹中取静，着实不易。然而，如若做不到摒除杂念，闹中取静，学业必难精进，心智必难成熟。因此，作为中学生，就须多些自控力，不该看的电影、书籍不去看，不该做的恋爱、叛逆之事不去做，不该交的损友不去交。志于学、增长才干的年龄，就须全副身心学习知识，储备才干，待到金榜题名时，再去看尽长安花也无妨。总之，我劝诫诸位，多些思考少些躁动，多些静气少些戾气，多些执著少些放纵。学会提升自我，闹中取静，才是当务之急。

通往心灵的旅程

做最想做的事，成为最想成为的人，只要决定出发，多少岁都不算晚。你也许昨天还在做着为了维持生计而不得不做的工作，还在抱怨生活的乏味无趣，还在重复着前一天做的事情，还在边发牢骚边无奈地过着三点一线的生活。你厌倦了当前的生活，你渴望改变，渴望进行一次通往心灵的旅程。

从决定改变这一刻开始，请遵循你内心呼唤的声音，做个最真实的自己吧！

自小喜欢建筑艺术的荆青正因放弃了不喜欢的公务员工作，才得以在十年中设计出令人叹为观止的近千个独一无二的楼房样板间。其实，在他通往心灵的旅程中，一路伴随而来的无数挫折磨难都是他通往内心深处的垫脚石苦难与挫折只是其中微不足道的一部分，最好的部分将在未来等着他。

爱迪生并不是一个优秀的学生，却可称之为卓越的发明家。他没有像大多数学生一样做着应该做却并不一定喜欢的事，而是热衷于自己的发明与创造，正是这样的一个人，为我们的生活增添了光芒。

"最柔软的胖子"——瓦莱丽，没有因为世俗的目光而放弃自己喜爱的瑜伽，为自己心路旅程添上了一抹璀璨的光辉。

相反，并不是每个人都有勇气放弃本该直行的路，去迎接一片布满荆棘的荒野。

出身于音乐世家如今却成为美国证券界风云人物的苏珊说："如果重新选择，我会毫不犹豫地选择音乐，但我知道那只是美好的'假如'。"因为犹豫，她没有做自己最想做的事，总归心底里会留有一点遗憾。

正如处于成长关键时刻的我们，长辈时常督促我们所说的话大多是"多学点，多努力点，别让自己以后后悔"。这些话朴素而简单，却道出了长辈对晚辈最为真挚的劝诫与鼓励。

随着倒计时的开始，我越发能体会到长辈们对我的期许和祝愿。为了不让自己的人生留下不该有的遗憾，多一份努力后的释然，我会努力随着心走，进行一次直抵心底的旅程，做一个为实现梦想而拼搏的人。

孩时的我希望成为像母亲一样的人，温暖他人。长大后我希望成为一个成功的人，为祖国，为社会做贡献的人，做着自己喜欢的职业，用一种不一样的方式贡献自己的力量。

用欣赏的眼光看世界

　　狄更斯在《双城记》中写过这样一句话：这是一个最好的时代，也是一个最坏的时代。我对此理解为，欣赏者的眼中这是一个最好的时代，抱怨者的眼中这是一个最坏的时代。

　　松柏说它之所以能够如此顽强不屈是因为它有一颗感恩的心，它感谢风雨雷电对它的锤炼。小草长得枯黄干瘦是因为它选择愤世、抱怨、黑暗，自然不能青翠光鲜。由此可见，心态决定了未来。

　　总有一些人，他们眼中充满了对前途的彷徨，每天如行尸走肉般痛苦地活着。他们满脸抱怨满脸怨气，不先找自身的缺陷，而是去抱怨社会的不公与道德体系、法律体系的缺失。诚然，我国正处于发展中状态，很多方面存有漏洞，但是为什么不去改变它，而是选择毫无意义地抱怨？这些人就如同长得枯黄又干瘦的小草，风雨来临，它们灰心丧气地将这视为生命的劫难，而不是将其作为茁壮成长的机会。心中充满黑暗又怎么会青翠光鲜？

　　人这一生要经历太多考验。对于高三学生来说，高考无疑是有生以来最大一场考验。一些学生抱怨高考的不公平，抱怨教育体系的缺失，抱怨身上背负的重担。于是每天愁眉苦脸，将高考乃至上学视为一种负担痛苦不堪。然而有些学生，他们用欣赏的眼光看待四周，将高考视为一场人生洗礼，奋发图强，通过高考这个平台走出农村，飞向更广阔的天地，见识更多彩的世界。高考，客观存在的事物，因人们看待它的眼光不同，改变着每个人的一生。达尔文的进化论中写着"物竞天择，适者生存"。我认为"改变不了这个社会，那你就去适应，适应不了这个社会，那你就去改变"。口头无意义的抱怨是最愚蠢的做法。这世间有太多不如意，可生活还是要继续。只有用欣赏的眼光看上帝为我们创造的世界，上帝才会欣赏你！

面朝大海　春暖花开

　　世间有树千万棵，为何有的青翠光鲜，有的枯黄干瘦？世间有千万人，为何有的幸福美满，有的愁绪满怀？因为欣赏，因为学习，因为感恩。

　　欣赏青山白云，欣赏蜂鸣蛙唱，欣赏晨曦与落日，欣赏树林青翠挺拔。欣赏，让我们有了一双明亮的眼睛去看待周围的一切。你看那阳台上的花朵，娇嫩又鲜艳；你看那街边的路灯，明亮又整齐；你看那身旁的路人，文明又礼貌。俗语有言"行人路上袖相触，也是三生石上缘"，遇见即是缘分，所以我们要学会欣赏自然给我们的恩赐，欣赏社会为我们提供的环境，欣赏每一个有缘擦肩而过的陌生人。当你的眼中万物安然美好，你便少了抱怨与不满，拨开你眼前的薄雾，尽观这世界的美好，那便面向了蔚蓝辽阔的大海，身后暖春遍地花开。

　　吸收鸟粪腐叶，汲取朝露山泉，山中树木青翠挺拔。虚心，让我们不再扬起傲慢的头，不再抛出不屑的眼光。或许一个人整日乐在眉间，不为己愁也不为他忧，别反感他的无心，看看他的乐观与坚强；或许一个人整天埋头苦学，不懂人情世故，不会与人为友，别反感他的笨拙，看看他的勤奋与努力；或许一个人穷困无能，没有好房和好车，不要叹惜他的凄凉，看看他为生活的坚持和意志。

孔子曰："三人行，必有我师焉。"无论是美丽或丑陋的外表，无论是熟悉或陌生的脸庞，细心观察、虚心学习，生活处处皆学问。当你眼中万物皆有可学之处，乐趣和收获便成为空气围绕你的全身，面前便是无限广阔的大海，身后是充满生气的暖春花开。

感恩风雨雷电，让树木青翠挺拔，所以，感恩一切跨过的坎坷与挫折又何尝不会让我们幸福美满呢？别抱怨脚下的路难走，经历过它，以后的路才会平坦开阔；别愤恨头上的雨无情，经历过它，才会看见天上的彩虹；别躲避寒风的刺骨，经历过它，才会体验春风的抚摸。一切阻挠与磨难，一切打击与批评都不是为了让你倒下，而是为了让你以更坚强的灵魂去迎接下一次的艰难。当你心怀感恩看待这些羁绊，那你的心便少了一份脆弱与黑暗，多了一份坚强与光明，即使是无垠的大海，也有船载你漂游，却便是秋冬萧瑟，心中也必是花香盈盈。

相遇皆是必然，而论人与事，无论好与坏，用一张笑脸相迎，用一颗真心相待，扫去愤世、抱怨与黑暗，迎来感激、庆幸与光明，面向蔚蓝大海，人生春暖花开！

陌上花儿慢慢开

　　世界的本质是朴素而简单地生活，与清风明月为伴，一壶浊酒，一叶扁舟，自在红尘之外。于是你渐渐明白美的不是这个世界，是乐观向上的人们凝望这世界的双眼。

　　世间好坏如同光与影，相伴相生。身处其间，没人能够幸免，爱世或愤世只在一念之间。顾城说："黑夜给了我黑色的眼睛，我却用它来寻找光明。"怀着此番心态，呕哑的鸦鸣也能变为动耳的乐曲，再艰难的挫折也只是完善自身的过程。心中自有光明，哪畏周遭灰暗！

　　塞林格在面对《麦田里的守望者》带来的众多荣耀时选择了与世隔绝的隐士生活；贺知章在高官厚禄面前选择告老还乡，放浪江湖做一个"四明狂客"；陶渊明不同流合污，隐居山野，成为"千古隐逸之宗"。他们认识到心中有光明，脚下自然无畏黑暗。在他们眼里，阡陌之花，远比富贵牡丹芬芳。

　　人生是一场漫长的旅程。享受相逢相识之喜，勿伤离别。有诗云："莫愁前路无知己，天下谁人不识君。"若能狂笑着走过万水千山，经历离聚合分，生命之树定能长盛不衰。因为它的根扎在愉悦的土壤里，无关肥沃抑或贫瘠。

　　一花一世界，一树一菩提，人心各异。诃图在《不见长安》中唱道："这九重楼阁，都不是我想要，我心中自有画卷一幅，绘着我的长安。"世界在每人眼中，都是一座自己认定的长安城。我不渴求四季花开，长盛不败。我只希望当风雨袭来，街市仍然车水马龙，笑声不绝。我更希望人们都能在每间屋墙画满窗子，让习惯黑暗的眼睛也习惯光明；都能在寒冬来临时，自己园中的无名花缓缓开放。

岳阳楼上，有人把酒临风，有人黯然神伤。千百年后，大浪淘尽，剩下唯有英雄以及其身后那缕暗香。

海子说："面朝大海，春暖花开。"在我看来人生的每段旅程，每次经过的风景，每个携手相伴的人，都可以是阡陌上开放的那束花。

由心尊师

2014 年 11 月 17 日，北京凤凰岭书院开学典礼上身着灰色长衫的学员们双膝跪地，向坐在藤椅上、红襟黑衫的老师们叩首。此外，学员们还双手向老师奉茶。该事一经网络传播，立即引来吃瓜群众的热议。有人说这是陋习，有人说这是教育学生很好的办法，值得推行。在我看来，跪拜是一种陋习，应该摒弃，尊师重心而非定要如此。

尊师始于行。孔子曰："三人行必有我师焉。"孔子虽有显著的成就，但仍谦虚，不骄傲自满，虚心求教。他向老聃问于学，向农夫求于学，他从来不怕他人耻笑，在孔子看来，只要可教自己的人都可谓是老师。所以孔子无论到哪里，见到比自己贤德的人，都会恭恭敬敬地向前施礼。

尊师始于言。尊师的礼仪虽重要，但我们更应在言语上尊师重教。教师是一个伟大的职业，他是辛勤的园丁，不畏天寒地冻，为我们修剪枝叶；他是黑暗里的烛光，不顾夜长风冷，为我们照亮远方前行的路；他是大海里的灯塔，不怕风吹浪打，为我们找到通往彼岸的航道。从古至今，师者，传道授业解惑，才有今天文学上的诸多学者。所以，尊师就要在言语中显示出尊重。

尊师更要始于心。尊敬师长更应由心，正所谓"敬人者，人恒敬之"。只有我们自己发自内心的去尊重他人，才能得到相应的尊重。如曹操三颁《求贤令》、刘备三拜诸葛亮，都是真心诚意尊师的典范。

　　尊重是我们每个人都应懂得的优秀文化。"修身、齐家、治国、平天下"，告诫我们要先修身，尊师重教正是修身的一部分。

　　让我们从我做起，从小事做起，用心去尊师，用心去重教。

根　基

拥有扎实的根基对于每个人乃至每个国家来说都很重要。狂风暴雨能吹走沙子、吹翻房顶、吹落叶子，但吹不走苗壮的大树。因为它把根深深地扎进地里紧紧地抓住土壤，所以很难轻易撼动。

我们知道毛竹前四年只会长三厘米，但五年后却以每天三十厘米的速度快速成长，仅用五周时间就可以长到十几米高。原来，它用四年的时间，努力将根在土壤里延伸了数米。

中华民族有着五千年的悠久历史，大乱之后总能快速恢复，并能在半个世纪之内创造出另一番盛世景象，是因为它拥有以自强不息、厚德载物为核心的精神这一根基。

我小时候，妈妈总是告诫我打好基础的重要性。你不用羡慕那些课本上或电视上的大人物，只要你打扎实知识基础，努力学习。长大成人后你就有进一步成长的机会，坚持努力，就可成为你心目中羡慕的伟大人物。可是，如果小时候没有打好基础，长大后再努力可就来不及了。你会像只剪去双翼的大雁，纵使使出浑身力气，也再难直上云霄。小时候我不太明白妈妈话中的深意，如今想来，顿时有恍然大悟之感。班里成绩优异的学生，哪一个不是基础扎实的优材生呢？

其实，做人也是一个样，一个正直优秀的人，从少年时便应得到良好的教育。他自己也需要重视自身为人处事方面的修养。唯有修养提高了，才能齐家，齐家后才能治国，治国后才能平天下。试想，一个连自身修为都很难做到位的人，焉能放任他去治国平天下。当然，现实生活中也不会有这种本末倒置的事情发生。

在我们每个人的成长中，内涵是成长的根基，只有打好了这一根基才不会被挫折、困难轻易击垮。

苏联就是因为忽视民生这一国家根基才致覆亡的。当年苏联一味地发展重工业而忽视轻工业和农业，导致国民经济长期畸形发展，人民生活水平长期得不到改善，致使整个国家最终四分五裂。可见，根基牢固与否对一个国家成败都尤为重要。

"台上一分钟，台下十年功"，辛苦努力数年就是为了最后的一瞬。舞台上的演员如此，埋首苦读的莘莘学子更是如此。

作为高中生的我们，要扎实自己的知识根基，通过多读多写来充实自己的身心，只有这样才能在最后一刻取得理想的成绩。

让我们像毛竹学习吧！努力扎根于土壤，当我们积淀足够多的能量时，终有一日，在天地间不能小觑！

坚守道义

有人认为，浮云聚散无常；有人认为，浮云在天上，高不可及；还有人认为，浮云轻飘淡然。人对浮云的看法众说纷纭莫衷一是，由此引发我无限深思。斟酌后，我更赞同浮云轻飘淡然这一观点。很多时候，富贵恰似浮云，你想抓住它，它却躲入高天，令你可望而不可即。当你抛开一切去追逐它时，它往往会冲你微笑，垂青于你。

不义得来的富贵，瞬间即逝，极为短暂。可以说，富贵每个人都向往，但以非正义的手段得来的富贵却易受到众人唾弃。近年来，国家严厉打击腐败分子出手之重，古今罕有。腐败分子依靠非法手段得来的赃款非但不能肆意挥霍，还给自己和家人带来了不必要的麻烦，毁了自己的一生。相比之下，我更希望每个人能依靠自己的能力与努力创造财富，坚守道义并主动帮助有需要的人。

人人切记，不义之富贵与己无关，用不着汲汲而求之。这是每个人都应明白的道理。俗话说："富贵险中求。"我并不认为"险"是指非法手段带来的风险。我认为这是指拼搏过程中战胜苦难与挫折的挑战，和"没有付出，何谈回报"是一样的道理。

子曰："饭疏食饮水，曲肱而枕之，乐亦在其中矣。不义而富且贵，于我如浮云。"孔子在这里用鲜明的生活态度阐明了自己坚守道义的信念。在淡泊名利的同时，孔子坚守道义，使自己的人格得到升华。由于孔子的话影响深远，这句话也使得中华民族的精神品格得以提升。

　　生活中，能够做到崇尚道义，坚守信念，并立志成为一个品德高尚者的人并不多。人的一生会面对诸如权、财、色等各方面的诱惑，在这些诱惑面前很少有人能坦然放弃易得或既得的利益。正因如此，坚守道义才变得弥足珍贵。成长的过程中，我们每天都在接受教育，接受正确价值观的洗礼，教育的根本任务便是立德树人。同时，国家所倡导的社会主义核心价值观也在时刻警醒我们，如如何做一个高尚的人，如何提高自己的思想道德修养和科学文化修养，如何成为一个有利于社会的人。

　　为此，我们更应坚守道义，坚定信念，不畏浮云遮望眼，正确对待生活中的种种诱惑，坦然面对，成为一个坦坦荡荡的人，成为一个品格高尚的人。

诚为本

中国人民自古讲求诚信。以诚为本,诚以待人,是我国人民为人处事的根底,也是儒家思想所极力倡导的。客观来讲,诚信是中华文化的精华,是中华文化延续数千年的关键。无论是在政治上、经济上还是在文化上,中国历来讲求诚信,这也是为何自古就有许多国家和中国保持密切往来的原因。试想,中华文明如果缺乏诚信这种特质,难道可以绵延五千年,至今仍能保持蓬勃发展的良好势头吗?在中外交往的历史中,中国始终奉行以诚待人的原则,使我国成为远近闻名的礼仪之邦和诚信之邦,成为周边诸多国家纷纷效法的榜样,终于形成万国来朝的盛况。

不夸张地说,中国自古就有诚信的传统。人无信不立,国无信不强。战国时期,为进行改革,商鞅立木取信。商鞅为秦孝公相国后,欲为新法。为了取信于民,商鞅立三丈之木于国都市南门,布告百姓谁能将此木搬到北门,给予十金。百姓对他这种做法感到很奇怪,也不相信这是真事,就没人去搬这块木头。商鞅见没人搬,很快又布告全国人,能将此木搬去北门者给予五十金。重赏之下,必有勇夫。终于有个大胆的人将该木搬到北门,商鞅十分高兴,立即给了那个人五十金,以表示诚信不欺。立木取信的做法,终于使老百姓确信新法是可行的,从而使新法得以顺利推行实施。因此说,我们这个民族，千年之前便种下诚信的种子，在千年的发展中，它已然成长为根深叶茂的诚信之树。诚信作为一种基因，已经深深地植根在国人的心中。

再说秦末季布。季布，向来说话算数，信誉非常好，许多人都同他建立起深厚的友谊。当时甚至流传着这样的谚语："得黄金百斤，不如得季布一诺。"后来，他因得罪汉高祖刘邦，被悬赏捉拿。结果，他旧日好友不仅不被重金所惑，而且冒着诛灭九族的危险保护他，终于使他免遭祸殃。

从这个简短的故事中，即可看出诚信对一个人的重要性。一个人若能讲求诚信，自然得道多助，也能够赢得大家的尊重和友谊。在你遇到困难的时候，大家也更愿意帮助你。反过来讲，如果你贪图一时的安逸或小便宜，而失信于朋友，表面上似乎得到了"实惠"。但为了这点实惠你也毁了自己的声誉，而声誉的获得远比金钱要难得多。所以，失信于朋友，获得小利，无异于捡了芝麻丢了西瓜，总之是得不偿失的。

商家最为看重诚信，因为没有诚信，商家难以赢得客户的信赖，从而无法盈利。在当下这个空前浮躁、物欲横流的社会中，诚信固然是商家应该具备的品质，但我想更是这个社会应该具备的品质。没有诚信的社会就像没有水的沙漠一样，干涩、荒芜，毫无生气。为了社会更好的发展，为了人与人更好的相处，为了拥有一个更加美好的未来，我们有责任将诚信提升到信仰的高度。不错，让诚信成为一种信仰，天天膜拜。唯有诚信成为人们宗教似的信仰，人们之间的尔虞我诈、虚与委蛇才能受到良心的谴责。所以，在这个缺乏诚信的社会，我大声呼唤诚信，呼唤诚信的到来，呼唤让诚信永驻人们心间。

其实，诚信不但对商家重要，对一个人的成长也同样重要。诚信是人安身立命的所在，没有诚信的人是不可能取得成功的。如今，每个人都渴望成功，可是能够取得成功的人毕竟是少数。然而，每个人都拥有成功的潜质，只要合理开掘，都可以取得不俗的成就。以我之见，诚信便是一个人取得成功的关键。试想，一个人一旦拥有了诚信特质，待人真诚，一诺千金，就像前面提到的季布一样，一定可以交下许多朋友，获得真诚的友谊。在中国这个十分看重人情关系的社会中，拥有朋友的多少，往往决定一个人的成败。反过来讲，一个不讲诚信的人，身边是不会有朋友的，因为谁也说不好何时就被他骗了。这种没有诚信的人不仅不会成功，而且随着社会的发展，人们道德水平的提高，他将难以在社会上立足。是的，我们就应该营造一种让没有诚信的人难以立足的社会环境。

诚信同样是求职者赢得雇主信任的关键，任何雇主都不喜欢口是心非的人。说出去的话，泼出去的水，既然答应雇主的要求，就要尽力去完成，既要任劳又要任怨。或许在完成任务的过程中，会遇到这样或者那样的困难，但是为了自己的信誉和企业的发展，要尽力寻求解决的办法，再苦再难，也要咬紧牙关坚持，直至完成任务，把你对雇主当初许下的诺言兑现。唯有以诚为本，才能赢得雇主的心，进而才能得到丰厚的报酬。而对于那些对工作不负责任，不讲求诚信的求职者来说，赢得雇主的信任、获得报酬就是一件很艰难的事情了。任何雇主都喜欢任劳任怨的求职者，对于那些不讲诚信的人，雇主们也只能把他们扫地出门了。由此我们可以得知，在我们抱怨苦苦寻觅不到理想的工作，遇不到理解自己的老板，慨叹怀才不遇的时候，我们是否直面过自己的内心，我在雇主手下的时候，是否做到了任劳任怨，是否做到了言必信行必果，是否做到了对雇主绝对的忠诚。如果你的回答是否定的，那么你又有何种理由怨恨社会的不公，感叹雇主对你的苛责呢。

反过来讲，道理也是一样的，任何求职者也都不喜欢口是心非的雇主。作为雇主，也要遵循诚信的原则。慎言慎行，言必信，行必果，不要口惠而实不至，更不要给雇员开空头支票。不然，上行下效，作为弱者的雇员，就会用磨洋工、不遵守操作流程等行为和雇主作对，致使雇主雄心勃勃的规划被他们的消极抵抗而挫败。

事情不同道理却一样。小到个人，大到企业社会，都需要诚信来支撑，才能更好地发展下去。由此及彼，个人缺乏诚信，会影响到一个企业的发展，同样政治上缺乏诚信，也会影响到一个国家的发展。日本就是一个鲜明的例证，许多日本政客在对待历史问题上，出尔反尔，言行不一。这一方面伤害了包括中韩在内的诸多亚洲国家人民的感情，另一方面也损坏了日本的国家信誉。日本原可以搭乘中国经济腾飞的顺风车，实现经济复苏的，怎奈政客出尔反尔言行不一，强化了中韩等国家防范日本的心理，进而使得日本经济步履蹒跚，复苏乏力。

改革开放以来，我国经济迅速发展，连续超越多个世界经济强国，如今已是世界第二大经济体，仅次于美国。我国之所以取得如此显赫的成就，固然与共产党的正确领导分不开，可我想也和我国广大人民勤劳聪明的品质不无关系。中国人民历来被看作是勤劳、勇敢和善良的，事实也确实是这个样子。中国人民确实聪明、勤劳，这不是任何民族都具有的优秀品质。然而，在我国经济不断发展的过程中，拜金主义愈演愈烈，奢靡之风大行其道，失信行为屡屡发生，这些已经严重阻碍我国国民经济的健康发展。

所以，我国在倡导依法治国的同时，也不遗余力地倡导以德治国。是的，对名利的狂热追逐，已然导致国民素养一定程度的滑坡。国家确实应该为提升国民素质做些实际工作了。试想，一个缺乏道德修养的人，一个为了金钱不讲任何原则的人，和行尸走肉又有何区别。由此及彼，一个国家没有良好的信誉体系，其他国家又怎能真诚地和你往来，所以说，失信造成的后果往往比闭关锁国更为严重。失信的国家就像一架没有良好引擎的飞机，哪怕她的外表再华丽，功能再齐全，也难以翱翔于九天之上，更不会拥有蓝色的未来。

综上所述，社会应该营造一种"诚信光荣，失信可耻"的氛围，增加不守信用的成本，让那些不守信用的人，切实为自己的失信行为付出代价。久而久之，便可净化我国社会上失信的不良风气。

实现我国的全面现代化，我想最难的，也是最关键的，是人的现代化。一个没有高素质人口的国家，是不可能实现现代化的，更不可能实现强国梦的。让我们每个人加强自身修养，树立以诚为本的理念，诚信为人，诚信做事，为促进自我的发展，也为了实现中国梦，尽出自己的一分力量。试想，如果人人讲求诚信，我们的社会将不再有欺瞒，不再有诈骗，这将有利于我国全面建设小康社会目标的实现，也将有利于我国构建和谐社会，我国的综合国力将空前提升。

国学小议

国学是个很大的范畴，简单说来，就是具有中国鲜明特色，不同于世界其他地区文化的文化。在人类文明的演进中，中国文化扮演了十分重要的角色。以儒家为核心的中国文化，深远地影响了东亚、中亚以及西亚等地区的文化生活，形成中华文化圈。更为难得的是，直到今天它仍然保持着旺盛的生命力。下面我将以三个小节，即中华文明长寿的原因、孔子言论对今人的启示和经商的三条要义，来阐释我对国学的看法以及国学对今人的影响。

中华文明博大精深，源远流长，是世界上诸多古文明中唯一延续至今的文明。仅此一点，作为一名中国人，就应该感到万分自豪。中华文明能够延续至今，是有着深刻原因的。具体说来，原因有三。其一，自然环境独特。通晓地理的人一定知道，中国在地理上，是一个很完整的单元。中国南面和东面临海，古代可以防止来自东南方向上的攻击；西南有青藏高原，将印度文明阻隔，这一方面固然不利于中印文明的交流，另一方面也在一定程度上避免了两大文明间的冲突；西北有高山大漠庇护，有力地阻挡了外来文化和军事力量的渗透。中国古代唯一的威胁来自北方。不夸张地说，一部中华民族史，就是中原汉民族和草原少数民族的攻守史。可喜的是，北方少数民族文明在发展进程上，从未超越过中华文明，即使少数民族攻占中原地区，统治汉民族，也无法消灭中华文明。非但不能消灭中华文明，反倒被汉文明所同化，久而久之，少数民族文化成为丰富中华文化，促进中华文化发展的助推器。相比较周边，中国内地的环境就优越许多了。中国境内有黄河与长江，沿岸有大片肥沃的土地，为中华民族的生息繁衍提供了绝佳的物质条件，使古代的中国人不用去远方征伐，去掳掠，就能获得充足的粮食。中国独特的地理环境为中华文明的发展，提供了天然的庇护，使得中华文明在相对安全的环境中发展。其二，中华民族不喜欢远征。中华文明源远流长，在五千年的历史里，中国曾建立过许多强盛的王朝。然而，哪怕处于中国全盛时期的汉唐帝国，也鲜有远征的记录。而作为中华民族象征的长城，更是中华民族不喜欢远征的强有力代表。大家都知道，汉民族向来奉行"人不犯我，我不犯人"的处事原则。儒学所倡导的"己所不欲，勿施于人"理念，深入中华民族的骨髓，使得我们这个民族十分不喜欢远征。而不喜欢远征就不会遭到报复。而一旦遭到强敌报复，自己的文明往往会被对方灭掉。试想，除却中华文明，世界上其他三大文明，不正是遭到其他文明的进攻而覆灭的么？例如，古埃及文明被托勒密王国所灭，古巴比伦文明被波斯帝国所灭，古印度文明被雅利安人所灭。其三，中华民族不喜欢走极端。中国人奉行中庸之道，阴阳相补，四季更迭，反对一切极端主义。例如，中国人既不喜欢这边的单边主义，也不喜欢那边的极端主义。中国人追求人与人的和谐，人与自然的和谐，话不会说满，事不会做绝，万事总会给自己留条后路。所以说，奉行中庸之道，不喜欢走极端，也是中华文明长盛不衰的原因。

子曰："吾十有五而志于学，三十而立，四十而不惑，五十而知天命，六十而耳顺，七十而从心所欲，不逾矩。"翻译成现代白话，即孔子说："我十五岁有志于学问；三十岁，懂礼仪，说话做事都有把握；四十岁，掌握了各种知识，不致迷惑；五十岁，得知天命；

六十岁，一听别人言语，便可以分辨真假，辨明是非；到了七十岁，便随心所欲，任何念头不越出规矩。"孔圣人以其冠绝千年的智慧，向我们指明了人生各个阶段的目标和境界，颇值时下迷茫的人们借鉴和学习。试想，我们每个人如能按孔圣人的话去做，定可以收获充实幸福的一生。

很多事儿看起来简单，做起来也不难。简单说来，要想成事，做到两点则可，即尊重客观规律和发挥主观能动性。在我看来，孔圣人这段话是对人生规律的总结，而且是十分正确的总结。我想，只要我们遵从孔圣人的话，再充分发挥主观能动性，就一定可以实现自己的人生目标。可话又说回来，能够做到孔圣人话的人少之又少。为什么能做到孔圣人话的人少之又少呢？因为大部分人的成长违背了人生规律。说明了些，人生不同阶段都有该干的事。该去做的事儿不去做，错后再想做就很难弥补了。

例如，十几岁正是求学读书的绝佳时期，许多人却毅然辍学去打工，结果因缺乏知识，在社会上碰撞一段时间，钱没挣到，却把胆气和斗志消磨没了。三十岁本是成家立业的时候，许多人却还在社会上瞎混，不思立业更不想成家，违背生命规律，自然得不偿失。四十岁本是一个人知识结构完善，不再被迷惑的时候，可许多人的表现实在令人无奈，或惑于情，或惑于利，或惑于色，大事瞻前顾后，小事锱铢必较，四十岁的人了，每天仍不学无术。五十岁是人知天命的年纪，本该对自己一生拥有清晰客观的认识，可许多人依然不知天高地厚，或自命不凡，或妄自菲薄，就是很难给自己定位。六十岁本是人最睿智的年龄，对人情世故最为洞察，对是非曲直皆可辨识，可许多人年过六十仍然糊里糊涂，是非莫辨。七十岁本是人坦然面对世界，不为世事所扰，不被名利所诱的年纪，可许多人拿不起放不下，仍然放不开自己。说句难听的话，许多人一辈子也活不明白。

我认为在悟性方面，人大抵分三种，先知先觉者，后知后觉者和不知不觉者。只有少部分人可以做到先知先觉，在遵从人生规律的基础上，充分发挥主观能动性，便可收获幸福人生。作为后知后觉者，在社会上摸爬滚打一段时间，也可掌握人生规律，经过奋斗也可收获幸福人生。最倒霉的是不知不觉者，糊里糊涂在社会上混几十年，没做出什么成绩不说，还堆下满腹的牢骚。正如不知道别人如何取得成功一样，他也不知道自己失败的根源，人生就是在糊里糊涂中度过的。想来就为这种人感到悲催，说实在的，他们真的需要好好品味品味孔圣人这番话，结合自身实际，当改变处则改变，当放弃的观念就放弃，切勿固执己见，如此，人生或许不够精彩，但也会紧凑充实。

在许多人的印象里，商人无一不奸，此正所谓无商不奸。殊不知，这是现代人对商人的严重误读。当然，这和部分商人唯利是图也不无关系。其实，史上的"无商不奸"的"奸"本是冒尖的"尖"，即无商不尖。何谓"无商不尖"，就是古代商人卖米的时候，总是多给出一部分，就是在盛米的器皿中冒个尖，以此来拉拢客户，招揽生意。然而，时下许多商人缺斤短两、以次充好等行为就实在说不过去了。其实古人已经把经商的要义总结得很到位了。例如，《易经》有言，利者义之合也；《大学》有言，财聚则民散，财散则民聚；司马迁有言：贵上极者反贱，贵下极者反贵。在我看来，此三言皆经商之要义，不可不细察也。利者义之合也，是指商人在做生意的时候，不要仅仅盯着利润不放，即眼里只有钱而无其他，这样是做不好生意的，换句话说，是赚不到太多钱的。如何才能赚到许多钱呢，唯有义利合一。何谓义利合一，即不赚不义之财，而赚良心之财，只有这样方能赚大钱成大事。财聚则民散，财散则民聚，若以企业为例，是指企业主如果把钱财紧握手里，下属因得不到足够多的钱而离开公司；企业主如果少占钱财，而把更多的钱分给下属，那么下属就会对企业主不离不弃。我们顺着这个思路往下思考，便可得出以下结论：下属们聚在企业主周围，努力工作，认真干活，进而可以给企业主创造更多财富，自己也得以得到更多。如此，企业主便可以得到更多钱财，此正所谓人聚财聚。蒙牛乳业集团受此启发，便把"财聚人散，财散人聚。财散人聚，人聚财聚"作为企业文化。那么，又何谓贵上极者反贱，贵下极者反贵呢。用最通俗的话来说，就是薄利多销。每单只赚取微薄的利润，要好过每单总想尽量多赚钱的盈利方式。许多人会说，实现每单利润的最大化难道不是商人的目的吗？我想说，是也不是。何谓"是"，即每个商人的确想实现每单生意利润的最大化。"不是"是指相比较每单生意的利润，有远见的商人更看重的是整体利润和长远利润。那就是为了整体利润和长远利润不得不压缩每单生意的利润。用简明的话来说，就是聪明的商人赚明天的钱，而绝非今天的钱。

以上论述，分别从赚什么钱、怎样用人、盈利模式三方面阐释经商的要义，我想对有志于创业的年轻人来说，定会很有教益。那么，许多人就问了，此三条要义固然好，可是我又怎样才能做到呢。还是前文那句话，许多事看起来简单，做起来也不难。要想领会并运用好以上三条商业要义，只需把人做好就可以了，就这么简单。人们不禁要问，那么我又该如何做人呢。如何做人，那也简单，只要做到儒家提倡的"仁义礼智信"即可。

国学是个很大的范畴，焉能尽释，以上三点，不过我管窥蠡测之言。纵使如此，亦是我搜肠刮肚写就。所以说，今后我更应该一心向学，唯有如此，方能更好地继承和传播中华文化。

流水账

好久没有在电脑上写东西了，打字很慢，组织语言更慢。看来，很多事情不练习就会陌生，甚至忘记。

人总会遇到挫折，会有沮丧，会有真心付出却不被理解的时候，这个时候我总是习惯于给父亲或恩师或好友打电话。听到他们的声音，忐忑受惊的心才会平静下来，才能透过迷雾找到自己。今天却没有，怕他们担心。傍晚又约上几个朋友一起骑车围着学校转了一圈，人不愉快的时候，散步是个很好的发泄方式。一路上，淡淡的玉兰香、妖艳的石竹红、零星的迎春花，实在是美不胜收。我就在想，如果北方的亲人也能提早感受这春的气息，走出寒冬，该有多好！

我说过我不是一个好孩子也不是一个好学生，我虽然冲着继续求学的目标努力，却又不能拴住向往外面世界的心。总认为如果只关注专业的东西，世界就抛弃了我。我需要杂七杂八的书，比如各种漫画、汽车杂志、花卉杂志、《南风窗》类的时政、散文小说，这些总是占用我很大一部分时间。好友总是对我说："就你这种看书态度，老看那些没用的，考大学是开玩笑。"我就拿出一脸的无辜，她接着就更加带劲地批评我。朋友们人很好，我们每天几乎形影不离，有他们在我身边，感觉很温暖。

　　一连几天，坐在堆满书的教室里，看课本不耐烦时，就看《苏菲的世界》。这本书不错，里面有句话是这样写的"我们之所以犯错误，是因为我们不知道什么是对的，这是人何以必须不断学习的原因"，非常喜欢，于是把它抄下来。

　　算了，搁笔吧，作业还没搞定，再说写这种流水账似的东西又有何益？

《明朝那些事儿》 读后感

　　未读《明朝那些事儿》之前，我对明王朝尚无明晰理性的认知。在我印象中，明王朝的皇帝总也昏庸，朝臣无能，太监弄权，八股取士摧残人才，文化领域万马齐暗，国家上下乌烟瘴气。然而，令我不解的是，就这么一个朝纲混乱、文化不振的王朝，焉能推翻暴元、击退日本侵略者，又以其独特的姿态延续二百七十六年呢。读罢该书，我明白了，心中的疑云也随之消散。简单地说，明王朝之所以延续如此之久，是因为它拥有延续如此之久的能力。之前我心目中的那个明王朝，根本就不是真实的明王朝。明王朝的辉煌和繁盛，阴鸷和黑暗，不会因人们的主观臆断而改变，更不会因史家的笔锋而湮没。它就是它，它就像一座山，岿然屹立于历史的长河中。它永远是那个痛并快乐的朝代，数百年以下，它仍以其独特的文化影响着我们身边每个人。当然，该书对我的启迪，除却家国盛衰的感悟，更多的是带给我为人处事上的教益。下面我将以四个小节来阐述我的心得。

士不可不弘毅

　　撇开成败荣辱，世事纷扰，《明朝那些事儿》似乎始终向读者阐明这则道理：士不可不弘毅，任重而道远。上到王公贵族，下到微臣末吏，若想建功立业，无不历经磨难，千回百转下，唯有矢志不渝，方能有所成就。诚然，数百年后的今天，不也得遍尝酸楚，历经千锤百炼，方可成大器么。所以说，那个时代人的奋斗，对今天的人们仍不乏教益和启发。

　　每个国人对朱元璋都不陌生，大家总是喜欢拿他说事儿。有人说他小时候放牛时如何胆大，当和尚时如何挨人欺负，要饭时如何遭人白眼，做皇帝后又如何杀戮功臣等。许多人把这些事儿作为茶余饭后的谈资，且总以调侃的口吻论说，可是很少有人思考过故事背后主人公角色转变的原因。朱元璋是怎样从一个没有读过书的放牛娃而据有天下的，这着实令人费解。在我看来，朱元璋之所以能有如此显赫的成就，除却他天纵英才的一面，更多的是他后天的非凡努力所致。父母兄弟相继饿死，朝不保夕，自己随时也有饿死的可能。这对一个孩童来说是何等的残酷和无情，可是再残酷无情也得面对，此正所谓生之艰难。为了生存，朱元璋不得不去当和尚，同样为了生存，他又不得不去讨饭。尽管生存环境如此恶劣，可朱元璋从未放弃过学习。多年的苦难生活没能令他沉沦，反而锻炼了他，成就了他。真是难以想象，如果朱元璋未曾历经磨难，又怎能击败强大的陈友谅，狡猾的张士诚，最终横扫残元，一统天下呢。生活对每个人都绝非易事，在我们喟叹生不逢时，命运不公的时候，想一想那个历经磨难，终成大器的朱元璋吧。头脑里闪过朱元璋经历的苦难，我想你会立刻停止抱怨，全身心地投入到生活工作中去。因为你明白，自己的处境要远优于朱元璋，你没有冻馁之忧，更不用担心被饿死，你受过良好的教育，不用担心兵败被杀，你比他的选择要多得多。朋友，志存高远的你，意志坚定的你，难道真的会甫经打击就一蹶不振么。我想不会的，因为你懂得生活的苦难，只会令你在走向卓越的路上，步履更加豪迈更加坚实。正如没有彻骨的寒冷就没有梅花的芳香，没有汹涌的海涛就没有英勇的水手一样，没有诸多的苦难就没有真正的英雄。

不经历血与火的考验，朱元璋就难以据有天下；不经靖难之役的磨砺，朱棣就难以成为雄才大略的英主；没有在社会上数十年的沉浮，就不会有开创仁宣之治的杨士琦；没有王振的恶整和排挤，就没有挽狂澜于既倒的于谦；没有龙场穷山恶水的折磨，就不会有开创心学的王守仁；没有下放南坪的历练，就不会有开拓名臣时代的徐阶。无数先贤一再向我们述说这条道理：不经磨炼，难成大器！

矢志奉献于家国天下者，应该敢于直面苦难，因为苦难在带给你挫折、失败的同时，也能够强健你的筋骨，使你扛得起千斤重荷，当得起兴衰大任。客观地说，任何时代都是大有作为的时代，然而任何时代也都是残酷冷漠的时代。一个人的生命高度和他的意志坚强度是成正比的。因此说，士不可不弘毅，任重而道远。

勇敢地面对挫折

土木堡之变，对明王朝的打击极为沉重。明王朝陷入开国以来最为危险的境地，主力损失殆尽，上皇被俘，兵力不足，士气不振，又遭强兵压境，这些不利因素叠加的后果，似乎只有亡国一途。数百年前的北宋正是在这种情况下灭亡的。可是，关键时刻，于谦站了出来，他以瘦削的肩膀当起了家国兴衰。于谦是个勇敢的人，也是个勇于担当的人。之前，他没有带兵打仗的经验，作为文弱书生，他很有可能都没亲手杀过鸡。然而，现实却将他推到刀刃前，令其只能杀敌报国。此战若败，明王朝必蹈北宋覆辙，即使诛谦九族也不足赎其罪。灭九族尚在其次，此战若败，于谦必留千古骂名，遭后世万人唾骂。这对古代视名节为生命的士大夫来说才是最要命的。故而说，于谦站出来，是相当难得的，也是相当英勇的。而我们应该向于谦学习的，正是面对困难，勇于站出来接受挑战的精神。唯有如此，我们才能实现自我价值，人与人之间的差别，很大程度上正取决于此。是啊，下面的叙述似乎更能阐明这条道理。

　　每个人小时候都有梦想，以其美好的心灵向往着未来。在许多孩子看来，他就是为这个时代而生的，大有一副当今天下舍我其谁的气魄。父母的娇惯更是助长了他们的这种优越感。可是，天不遂人愿，随着年龄的增长，他会逐渐认识到，自己并非世界的中心。许多小伙伴长得比自己帅，家境比自己殷实，学习比自己优秀，知识也比自己丰富，令他更为无奈的是，朋友也比自己多。这个时候，他开始怀疑自己的能力，感觉许多事和他想象中的有出入。然后他升入中学，见识到知识更为丰富，家境更为殷实，学习更为优秀，朋友也更为多的同学时，内心残存的不多的优越感随之被无情剥蚀。优越感渐退，自卑感涌上心头。等到升入大学，彻底见识到祖国各地的精英，他终于明白，这个时代不属于任何人，更不属于他。但是天之骄子的身份仍令他有几分自得，少年时的梦想也还保有几分。

　　优越感真正被毁灭是从他踏入社会的那一刻开始的。没人在乎他的家庭境况，没人在乎他在学校里的成绩，更不会有人在乎他过得好与坏，舒服抑或痛苦。在当今这个残酷冷漠的社会中，他屡次碰壁，受尽委屈，遭尽白眼，他开始对这个社会心存畏惧，开始怀疑自己能力能否敷衍，自豪感顿消，自卑感随之增强，感觉许多事情和他想象中的根本不是一回事。他悲哀地发现，他不是这个社会的中心，而且在这个偌大的社会中，没有人关心他，甚至没有人关注他。在社会上碰撞几年后，他认命了，他选择了逃避，他朝气蓬勃的心也麻木下来了，物质控制了他的意识，他终于得出如此结论：社会竞争是残酷的，而我的能力是不足的，所以我压根就不能取得成功。从小学到大学，学习上的点滴小成就已羞于启齿，想想自己以前曾经的辉煌，简直是对自己的侮辱。

　　当自卑感占据他的内心，久难挥去的时候，他对失败的恐惧便开始超越他对成功的渴望。他开始怀疑一切，不再相信诸如"付出就有回报""坚持就能成功"等千年来颠扑不破的道理，对生活渐失兴趣，并开始敷衍生活。他再也不想建功立业，之前这是梦想，如今这只是梦，他已然没有挑战命运的勇气。于是，他只得随波逐流，人云亦云。尽管如此，他欲壑仍然难填，但终因心拙力绌，难以敷衍，他唯愿家庭和睦，身体健康。小时候的雄心壮志终于淹没在平庸生活里。平庸的生活令他开始沉沦，开始抱怨社会对他不公，怀才不遇等等。什么也甭说了，只要能挣到钱，要兄弟怎么着都行。梦想因不能当饭吃，弃之如敝屣，久而久之，人终于庸俗下来。我想，等待他的，是垂暮之年的悔恨和牢骚满腹，总之一句话，社会对不起他。自己之所以一事无成，是因为社会不公平，人心险恶，父母不给力，朋友不帮忙，反正就一句话，错不在我。

其实，人生本可以有另一个结局的。结局之所以不同，取决于面对挫折那刻，能否挺过去，挺过去了，海阔天空，没挺过去，一事无成。是啊，我们还得从他踏入社会屡遭打击那刻谈起，因为这是个节点，或者说是条分水岭。四处碰壁，屡受打击之下，他终于明白，读书多年，自己也不过尔尔。因此，他重新给自己定了位，他很痛苦地发现，除了脑袋里比别人多装了几本书之外，他也没什么过人之处。既然如此，那就从头开始吧。他不怕苦，不怕累，受了委屈不气愤，遭到打击不气馁，任劳又任怨，面对残酷的现实到底没低下头。艰难困苦未能击倒他，却成为他力量的源泉。在这个过程中，他勇敢地面对挫折，毫无退缩，终成大器。到了垂暮之年，回首往事的时候，他万分感激带给他苦恼甚至绝望的各种人和事儿。因为没有这些艰难困苦，就没有他当下显赫的成就和地位。

两种选择，两种结局，成与败，荣与辱，皆出于面对挫折时，是选择退缩还是鼓起勇气直面挫折。是啊，社会是冷漠的，残酷的，是不能选择的，所以说面对社会，我们只能勇往直前。天下没有救世主，许多时候别人不会帮你，也帮不上你，人只有自救，方能得救。既然我们改变不了社会环境，那我们就改变自己，社会残酷，那我们就将自己打造成钢筋铁骨，社会冷漠，那我们就打造一个温暖身心的小空间。

关键时刻，人要敢于顶上去，而不是做缩头乌龟。做个像于谦一样的人吧，一个有勇气站出来，有勇气挑战命运的人。唯有如此，我们才有可能实现儿时的梦想，唯有如此，我们才能摆脱平庸，走向卓越。

德高者方可居要津

读史多年，总结出一条不是规律的规律：一个王朝的盛衰兴亡，皆和当权者识人用人的能力相关。许多人一定会说，这是个假命题。当权者若能识人用人，自然雄才大略。如此说来，当权者唯有雄才大略国家才能长治久安。这样说固然没错，可我要强调的是，哪怕当权者才智平平，关键岗位有德高者把关，也能保障国家长治久安。例如明英宗时期的于谦，明武宗时期的杨廷和与明神宗时期的申时行等人，都是饱读诗书，德才兼备之人，也是可堪大用之才。

于谦就不用细说了，土木堡之变后，如果没有他挺身而出，明王朝十有八九会蹈北宋覆辙。下面我们着重说说杨廷和与申时行。明武宗朱厚照是个贪玩的人，也不安心做皇帝，每天就想着如何快乐地玩耍。许多人因会阿谀奉承，从而成为他的宠臣，如刘瑾、谷大用等八虎成员。杨廷和是明武宗时期的首辅，他在和刘瑾等人做斗争的同时，还要处理政务，为朝廷日夜操心，真可谓日理万机。若无杨廷和这样勤勉干活的人，按朱厚照和刘瑾那套折腾法，明王朝早就衰落下去了。杨廷和难能可贵的是，即使手握重权也未兴不臣之心，其实在混乱的明武朝，他完全可以浑水摸鱼。可是他到底没有成为王莽那样的人物，而是兢兢业业地打理着朝政，使得明王朝在他手里得以平稳发展。明神宗时期的申时行也是个很出色的首辅，张居正去世后，在他保驾护航下，明王朝这艘巨轮也能沿着正确的轨道，稳妥地前行十年，已相当不容易。历史上，明神宗是个出了名的懒汉，曾创下二十余年不上朝的纪录，可他身懒头脑却精明，心思缜密，生性多疑，换句话说，这是个十分难伺候的主。试想，和这么个神秘懒惰的皇帝打交道，做他和群臣的纽带，真是份高技术含量的活。准确揣测皇帝的心机，尽力安抚群臣的情绪，维持皇帝和群臣之间的平衡，还要站在国家社稷的高度去处理政务，从而保障帝国的运转，真的不是一般的难。然而申时行做到了，而且做得很出色。试想，申时行若是个有才无德之人，只要想办法把皇帝哄开心，握紧权柄，控制群臣，将国家社稷百姓疾苦撇一边，也能混个八面玲珑。可是为国效力、为民请命的心不容许他沉沦，更不允许他为一己之私而置亿万百姓而不顾。于是，尽管两面受气，多处掣肘，可他仍然全心全意地为国家百姓做了许多好事。

之所以说唯有德高者方可居要津，是因为德行欠缺者一旦据有要津岗位，其破坏力是极其严重的，甚至有致亡国之虞。历史上这样的例子俯拾即是，例如嘉靖时期的严嵩和乾隆时期的和珅等人。嘉靖和乾隆怎么说也算是聪明人，可人再聪明也会犯错误。他们犯的错误里最要命的是爱慕虚荣。乾隆贪多求全，好大喜功，自诩"十全老人"，这本身就是其虚荣心膨胀的表现。嘉靖也是个爱慕虚荣、死不认错的人，严嵩父子正是利用他这一点，操纵朝政，玩弄他于股掌之间，把个国家搞得乌烟瘴气，致使明王朝的国力从持平逐渐走向衰落。即使嘉靖后期，严党失势，严世蕃下狱后，他也想利用嘉靖死要面子的缺点，涉险过关。当时政治形势极为复杂，若无徐阶从中调节，险些让严世蕃躲过这场劫难。话说回来，明王朝和清王朝由盛转衰正是发生在嘉靖朝和乾隆朝。转衰的原因也很简单，即皇帝刚愎自用，重用奸臣。使用德行高尚的人或许还能直谏，指出帝王不足之处，令其醒悟，以思振兴。用品行低劣的小人就难说了，这些人只会阿谀奉承，除了拍马屁和以公谋私，什么实事也办不成。办不成实事先不说，最令人发指的是，他们还祸国殃民。严嵩做首辅时，卖官鬻爵，草菅人命，陷害忠良杨继盛等人，打击异己者徐阶等人。自己不做事，还打击做事的人，简直令人无法容忍。实际上，最令人发指的是，蒙古人进攻北京周边，烧杀抢掠数月后扬长而去。作为朝廷首辅的严嵩勒令不发一兵一卒，一任蒙古人在自己的土地上肆意抢掠。这是什么行为，这是为正人君子所不齿的行为，是一个有良心的人所万万不能容忍的行为。然而，严嵩不但做了此事，而且心安理得。和珅是历史上著名的大贪官，在他领导下，清王朝不可避免地走向衰落。当乾隆皇帝晚年沉浸在辉煌的文治武功下，津津回味的时候，殊不知帝国已不能正常运转，此时，各种社会矛盾丛生，思想界万马齐喑，官场上腐败沉闷，土地兼并严重，人民流离失所，农民起义风起云涌。清王朝就在乾隆朝这个看似无比辉煌的时代走向衰落的，当然作为帝王，乾隆得承担莫大干系。然而，作为朝廷一号人物的和珅也责无旁贷。和珅若是个正直的人，或许能延缓清王朝的衰败，令人惋惜的是，和珅是个十足的小人，一个贪得无厌，不管百姓死活的小人，和嘉靖朝的严嵩可谓如出一辙。贪婪可以忍受，令人难以忍受的是，贪得无厌却不办实事，而且压制别人也不能干实事。此等小人焉能居要津，国家往往败亡在这样的人手中。

我国自古人口众多，向来不缺人才，可是缺乏发现人才甄别人才的机制。我想，一旦这种机制得以完善，就是我国真正崛起之时。我国漫长的历史多次证明，只要我们自己不折腾自己，即窝里斗，任何强敌都不能征服我们。所以说，我国最大的问题是内政问题。只要关键岗位上有德才兼备者把关，就永远能够保持国家的长治久安。

166

领袖气质不可培养

人与人生而平等，是指地位上身份上的相同，而绝非禀赋上的相似。就个人禀赋而言，人与人是不公平的，而且是极为不公平的。我绝非宿命论者，但通过多年读书，长时间与人沟通，使我认识到人和人是不一样的。许多人注定会成为领袖，许多人注定会碌碌无为。人与人的差别从人生下来的第一天就注定了。

我认为领袖气质不可培养，许多人生下来就是做领袖的料，许多人生性懒惰，注定会碌碌无为。通过严格的职业培训，可以培养出合格的管理者，但是培养不出领袖气质。因为胸襟、格局、眼光、气度等领袖气质的重要组成部分培养不出来，一句话，领袖气质是与生俱来的。

从小学读书到大学，大家总会见过这样的人，他无论到哪儿都是核心人物，大家乐于和他待在一起，感觉和他在一起很快乐。这种对他人的吸引力，被称为人格魅力。我认为人格魅力也是与生俱来的，当然通过后天努力可以弥补。人格魅力正是领袖气质的发轫，一个没有魅力的人是难以成为领袖的。所以说，并不是每个人想做，通过努力去做，就可以成为某个领域的领袖。下面我们就拿明朝的历史人物来说事儿。

我认为，明成祖朱棣就是个颇具领袖气质的人。生于战火，死于征途的他，似乎终生和战争都有不解之缘。朱棣很小的时候就被封为燕王，镇守北京。明初北京即为边境，少不了和蒙古人刀剑相向，可正是在多次的杀伐中，朱棣领悟了战争，也掌握了战争规律。在多次领兵打仗的过程中，他强化了自身的领袖气质。在之后长达四年的靖难之役中，他将自己的军事才能发挥到极致。试想，靖难之役时，朱棣如果没有领袖气质，不能凝聚人心，就他手下那点兵，占的那点地盘，如何能够打败人数众多的南军。史上最难打也最痛苦的仗，莫过于打一场不能输的仗。你打败对手许多次，对手都可以卷土重来，而你只要被对手击败一次，便再无取胜的可能。失败就会被杀，而且背负谋反的恶名。这对渴望建功立业的朱棣来说，实在是太过残忍。靖难之役既是对朱棣能力的考验，也是对其意志力的挑战。然而，凭借无与伦比的军事才能，磐石般的意志力，和魅力四射的领袖气质，朱棣在极端困难的环境下，再次凝聚起人心，终于击败南军，取得了最后的胜利。没有才干，没有魅力，没有号召力，没有领导才能，让士兵看不到希望，谁还肯跟着你！朱棣在士兵越打越少的不利情况下，没有遭到抛弃，许多人仍一如既往地跟着他，充分说明他身上有着浓烈的领袖气质。

　　我还认为，万历朝首辅张居正也是个颇具领袖气质的人。张居正是个禀赋很好的人，简单说来，他聪明过人。因为聪明他不用费多大劲，年纪轻轻就能高中进士，成为万千读书人仰慕的庶吉士。排挤掉高拱，坐上首辅宝座后，其非凡的政务能力得到体现。令人不解的是，张居正出色的政务能力是从何而来的。这固然和他多年混迹朝廷有关，而我认为更重要的是，与生俱来的禀赋才是关键所在。他之所以能够号令群臣，和他非凡的政务能力是分不开的。试想，没有两下子谁服你啊。作为群臣的领袖，张居正实行了历史上著名的张居正改革。改革的效果很明显，自嘉靖朝开始走下坡路的明王朝又开始爬坡了。许多历史学家甚至断言，明王朝因为张居正改革，国祚又得以延长数十年。这或许是夸大之词，但张居正改革在历史上的重要地位和深远影响也是不容置疑的。在中国的改革者，既能改革成功，又得以善终者少之又少。张居正两者都做到了，着实不易。有勇有谋，挽狂澜于既倒，扶大厦于将倾，国器也。张居正，国器也。国器何来，天纵之也。

　　综上所述，领袖气质是不可以培养的。许多人注定会成为领袖，许多人注定会碌碌无为。上苍是不公平的，不要抱怨，更不要诅咒，坦然接受现实吧。毕竟能够成为领袖的人很少，作为普通人的你我，就不要再有过高奢望了。在我看来，只要每天踏实工作、快乐生活，就能收获幸福的人生。

人生之惑

　　拥挤的人群，疾驰的车群，无处不在的信息群，像忠诚的狗儿，钳住你的脚撕扯你的腿，想甩都甩不掉。冲撞进你的眼球，使人木然；荡涤过大脑，使人心躁。现代社会在给人带来巨大便捷的同时，也给人造成莫大的创伤。许多人受不了高强度快节奏的生活，患上了诸多疾病。其中有一种疾病不得不提，人们称它为"人生之惑"。

　　在车站，在码头，在车间，抑或在学校，总有种焦躁感拢于胸中。当这种不祥感愈来愈强时，你失眠了，辗转反侧，彻夜难眠。你好像丢失了什么。直到有一天，看到同事猝然离世后，你才惊异地发现丢失了的竟是自己的心。那颗本属于自己的心。天茫茫，地茫茫，你心茫茫。

　　你请了半天假，独自一人来到郊外，静静地躺在草地上，嗅一嗅泥土的气息，望一望云卷云舒，看一看飞燕时聚时散。你倍感亲切，可是不知何时泪水已淌满双颊。多少年了，那颗被俗事烧灼的心，终于得到些许的安宁。于是，你咧开嘴笑了，笑得那么痴，那么憨。夜幕深垂时，你累了，睡着了。你又回到往日的生活中：

　　每天都在推杯弄盏，迎来送往，唯恐失礼遭人白眼；每天都兢兢业业工作，唯恐被老板炒鱿鱼；每天都在说连自己都感到恶心的话，以取悦领导；每天都害怕变得庸俗，却发现自己早已俗不可耐；

每天都在穿自己不喜欢的衣服，以向别人昭示你是懂得享受生活的人；每天花钱时都显得很阔绰，可是只有自己知道那是在打肿脸充胖子；每天都在吃自己不喜欢吃的食物，以向别人表明你是多么的有品味；每天都在别人面前高谈阔论，仿佛什么都懂，可是只有自己知道自己是何等的浅薄；每天都表现得温文尔雅，绅士味十足，可是只有自己知晓自己背后是何等的粗鲁，内心是何等的龌龊。

一丝风掠过你的脸颊，你睁开惺忪的睡眼，几缕柔和的阳光洒进你的眼眸。你伸伸腰，打了个哈欠，沁凉清新的空气令你气爽神清，你开始自言自语：

很累，是的，纷繁扰攘的社会总使自己疲惫。很躁，有一点吧，资讯泛滥的时代总使自己心烦。有点虚伪？噢！绅士，不是一点，是很虚伪。有点物质？什么！伯爵，恐怕不是一点的问题吧。那是相当的物质。很空虚，哇?！先生，您终于说了句实话，还记得上次去图书馆是什么时间吗？

你霍地站起来急匆匆赶回家，你再也抑制不住内心的感受，于是你提起笔，写下了下面一段话：上帝，我受不了了，快救救我吧！即时累不死我也会抑郁而终的。生活中的诱惑太大了，直到我心力交瘁时我才发现任何诱惑都是陷阱。周围尽是些有钱人，于是我拼命挣钱，资产突破七位数时，我的同事恰好猝然去世，这使我懂得钱不是生活的全部，生活原来是一个很宽泛的领域。常和附庸文雅的人待在一起，我也虚伪起来，学会了攀比摆阔，也懂得了装腔作势，直到良心不安，夜不能寐，才知晓虚伪是对人性的极大扼杀。纷繁扰攘的生活使我越发浮躁，再也不能保持一颗宁静的心。充裕的物质生活并没给我带来足够的快乐，我已地地道道变成房奴车奴，每天都为之疲于奔命。我像只疯狗每天冲着落日疯叫，却不知，这一切到底为了什么。我知晓我的病已入膏肓，可是我不想累及别人。我无奈地发现许多人也和我一般患有同样的病。悲哀，我们这是怎么了，我们的社会这是怎么了。让我们去大学走走，你会清晰地发现我们的孩子也得了该疾。似乎每一个年轻人都在疯狂地追星，赶时髦，唯恐落在时代后面。于是再也无暇顾及自己的学业，每天都生活在激情燃烧的岁月中。激情岂能常在，无奈，激情过后便是流于平庸的沉寂。当韶华尽失，留给自己的是颗空寂的心。青年如若如此，国将何堪。谁能知晓物质文明高度发达的今天，背后却跳动着一颗干瘪的奄奄一息的心。真正的强者源于心灵的强大，真正强大的民族同样源于精神文明的强大。然而空前浮躁物质化了的社会焉能诞生出大师，没有伟人的民族，是悲是喜，不答自知。只有经济强人而没有精神领袖的民族，是悲是喜！

对此我无语……谁能解我之惑，谁能解我族之惑，我心茫然……

凌乱，才有新路可寻

心的海搁浅着许多尘世的帆，设若没有当初，今日的心海必不会这般拥塞。宁静，以挑剔的眼光来吹毛求疵，快乐，荡然无存；友情，错误的开始，撞车后才明白浑身的伤口，眼泪和幸福不是同一个概念，通往纯真友谊的路上，到处都写着"前方施工，请您绕行"。

一个人，凉风习习，漫步，慵懒，思维张狂，毫无收敛。路上开了很多牵牛花，像紫色的瀑布，紫得让我想起最初的梦想，想起现实的忧伤，想起往昔的朋友，想起不远的将来。以前相信紫色是坚强、高贵、优雅的象征，所以很爱紫色。现在想来，已是些虚无缥缈之事了。往事，没有开始，也没有结束，像我此刻凌乱的大脑，瘫痪了。等待太久得来的东西多半已经不是当初自己想要的了。精心准备的东西，最后冰封在原地。去年的这个时候，我可爱的栀子花还在无忧无虑地开着，我可爱的同学们还在嘻嘻哈哈地闹着，如今早已花枯人散。风吹来，我裹紧单薄的衣服向前走。有时候想，如若像风儿一样自由，是不是件乐事呢？与爸爸妈妈骑车享受这样的时光是不是弥足珍贵呢？或斜风细雨之日，携二三友爬爬山、吹吹风，感受季节的变化，是不是件奢侈之事呢？懂与不懂，每个夜晚，昏睡过去，期冀梦醒时分，恍然大悟。但，终将是痴迷不解。

试想，努力，以缅怀的姿态迎接。学习，除了课本教条，充实是否与我相拥？曾经的童年，缓缓悠悠，日日夜夜，又是怎样的情节？如若苍穹之上有一片自由的天，那么天空之下一定有一个自由的人，那，我是不是那个幸运的孩子？

风停了，雨来了。它婉约柔和，舒服得很。我索性将油纸伞搁置于地，让它的沁凉浸润我的皮肤，看雨丝在昏黄的路灯光中飞舞。只是，这样柔美的夜晚，吾与谁归？要穷途当哭吗？此刻雨中的人民公园煞是美丽，白天多少悠悠绿意，夜晚几番虫鸟啁啾。这雨的秋帘，模模糊糊，朦朦胧胧，胜过西湖二月畔。我蹲下来，发现幸运草的叶片上满是干净的水珠，只要轻轻一抖，这水珠便摇摇欲坠，幸运草也像个喝了"千日酒"的仙子，翩翩起舞。我好想去触摸这天物，却又于心不忍，它们在那里安静地待着，我一个外人，何必去惊扰了美梦？

"妈妈妈妈"一阵急促的声音把我吸引了过去。原来是一个七八岁的小女孩在顽皮地捡落叶，此刻她颇显笨重的小手里已经握了几片黄里透红的树叶，而她的妈妈就在身边微笑地看着她。"妈妈，你看，我捡到了一朵花儿，它还有香味呢，妈妈妈妈你快闻闻。"说着，已将花儿高高举起正等待她妈妈的弯腰。"嗯，毛毛真厉害！你看，这么多的落叶里，只要你仔细找，总有机会找到花儿的。"

是啊，只要你仔细找，纵然花儿与众多的落叶混杂在一起，也会有机会找到花儿的。

于是，我打开油纸伞，不觉朝着前方加速了脚步。

谁的青春不迷茫

　　铅灰色的天总是阴沉着，青苔疯狂地爬满了校园阴暗的角落。原本可以开出娇艳之花的羊角花在淫雨中日渐憔悴，已分明的花萼还是落了一地。每次和同学经过她们，我总多看几眼，心里免不了频频惋惜，甚至掉下几滴皱巴巴的眼泪，这时同学总会说："你又神经了。"我看着她，无言以对。其实，我很想说，你看，那落在地上的花苞之容颜真真一个凄绝艳绝，"一草一木栖神明"啊，可这些精灵大概没有想到来世一遭迎接自己的竟是如此惨境吧？她们忍受了一个严冬的寂寞，花蕊中肯定都藏着一个迷离飘逸的梦，是不是？

　　这种天气不仅遭踏了美的使者，还多少影响到人的心情，尤其是正处于青春期的你我。你我总喜欢"为赋新词强说愁"，习惯把郁闷、压抑、无聊、烦躁、孤独、迷茫等一切类似的词语放在口边，甚至有些炫耀性地挂在脸上。每天马不停蹄地抱怨、叹息，但是，我最亲爱的朋友，这能解决问题吗？是，你说的对，这是一个让人乐于发牢骚的社会、让人卑微到尘埃里的社会、让人禁不住吼几嗓子的社会，但是，我睿智的朋友，谁不向往纯粹的生活，谁不希望天上有星、脚下有路、身旁有花？但是，我想问的是，你我为这心向往之的纯粹用过心吗？你我虔诚地付诸行动了吗？你我现在的生活状态还不能说是用智慧努力过的结果，不是吗？你我遇到挫折时的苦瓜脸摆出来映衬在蓝天白云下你觉得合适吗？谁的青春不迷茫？没有！圣人早就说过"四十而不惑"，你我现在才浪荡十几岁，为何希望让纯净的心过早地满目疮痍，明白一切呢？十几岁的年龄却急于拥有四十几岁的心智，好吗？《群书治要》里有一句话叫"物速成则疾亡，晚就则善终。朝华之草，夕而零落。松柏之茂，隆寒不衰。是以大雅君子恶速成"。我想，我不解释其意，你也能懂得其旨。所以我们没必要如此急躁，只要你我问心无愧地努力过，好，此刻，只须静静地等风来。

是的，谁的青春也迷茫，谁的生活也苦恼，谁在这个世界上也不容易，不用担心一天的时间多漫长，每一个今天都将成为昨天，每一个今天都是你我生命中独一无二的一天，你我该做的就是把握当下。不必苛责社会的不公，不必苦恼于家庭背景的平凡，更不必攀比觊觎同龄人已得到的成绩，即使你我的同龄人因为有个有钱有权的爹而轻易地得到你我也想得到的东西。别人得到的，定是经过一番挣扎艰辛，他没努力，那是他老子替他把该吃的苦吃了、该走的路走了。有时想想，这在一定程度上也是种悲哀。你我倘若真心真意付出，相信总会有那么一天，你我也会站在聚光灯下赢来钦慕的目光、热烈的掌声。我想，我坚强的朋友，我们不是涂自强。

是的，在你的眼里，我总是充满正能量，总说些盲目乐观的话，其实我也有诸多苦恼、些许烦闷、颇重自卑感。你看到的是我自信的脸，听到的是我放肆的笑，因为我不想影响你，有些事我不想让你知道，更不愿在你苦闷到时候雪上加霜。你说我不理解你，不是你，不能切身体会到你到苦楚。的确，我只能是我，但是我想我还是多少可以理解你，因为我也是内心自卑、脆弱、痛苦的人。我想，我们的悲伤迷茫是相通的，只是我的悲伤是打开的，你的是紧锁的。

我们行走，不必在舍与得之间长久踟蹰。如若彷徨可以给你我一个好的结果，是通往你我成就梦想的路径，好，我支持你，我信赖的朋友，我愿意你继续做下去。但是，聪明的你是知道的，这种青春的惶恐只能给你我带来负面影响，带来肉体上的不适和精神上的枷锁。所以学会放开，淡定，淡定，再淡定！

不要问我读书有何用，宋儒张载曾说读书是"为天地立心，为生民立命，为往圣继绝学，为万世开太平"。你听后肯定会苦笑，觉得那是对卑微者的讽刺，那是圣人之命，干己何事？的确，我的朋友，我们的确很难达到那种境界。但我想，读书为自己总该现实吧？不要说读书无用，之所以无用是因为你我还没有把握好书中的智慧。倘若你我真有一天学得炉火纯青，我想，总会有见光的一天。你说呢？你我没有什么二代的优越条件，但是我们没有理由气馁、沉沦，我们仍可以霸气地、不知天高地厚地冲着既定目标出发。我也时常对伙伴们抱怨"我怎么这么笨？这么倒霉？"但是，我们俩仍能吭哧吭哧继续做题，然后买个一元一大根的布丁雪糕像个幼童贪婪地吃着，那种开心，倒也乐呵。

说到这，我还想说任何人没有义务为你我服务，所以请不要抱怨班主任整天顾不上你我，因为你我已经长大了，至少从名义上你我拥有了高三学生的头衔，你我在走进这个大门的时候就该做好一心向学的心理准备。好的老师就是在你我大的学习方向上给予明智的定位，不可能再如初中老师那样手把手地教给我们知识。老师有他们自己的事情要办，换位思考，你我的内心就会平静许多。请不要抱怨朋友之间有时候一年半载都不打个电话（我说的朋友的含义你懂得），不联系并不代表心不牵挂。海内存知己，天涯若比邻，兄弟姐妹情谊不应受到时间、空间的阻隔羁绊，没有必要苛求电话、短信的亲昵频繁。当然，如果长久不联系你——关心我的朋友——带来伤害，我想用乔叶的话对你说"我对你的伤害是源于草间的微茫而非荆棘的初衷"。当然，作为我的朋友，你有权力说我这是借口，批评我，我都接受。请不要说父母不理解你，埋怨他们帮不上忙，解不了急。其实多和父母沟通，你我总会有收获。我是非常喜欢与老爸聊天的人，我们爷俩能聊上两个小时，东拉西扯，说得不亦乐乎，自己的喜怒哀乐告诉老爸，心情舒畅很多。所以，我想，如果你——我关心的朋友——当你打开心扉，和父母聊聊天，哪怕是撒撒娇，甚至说上句肉麻的"我爱你，老爸老妈"，父母都会很开心，他们会觉得自己与宝贝的关系很融洽。当然，你我每个人都有和父母沟通的方式，只要温暖，何尝不可？

　　近来烦心事颇多，而高三的学习压力确实很大，自己成绩忽上忽下，且身边的同学总是怨声四起、消极学习，我只好作些文字，聊以慰藉你我这段明媚而忧伤的青春和终将逝去的求学时光。

我的宿舍，我的家

　　家，一个小小的宝盖头儿，遮挡住了外面所有的人情冷暖，世态炎凉，给予我们真实而饱满的爱。我的宿舍，淑芳斋——5610，充满了爱的味道。她可以让我抖落满身的尘土，支起对生活依旧不衰的热情；她可以让我享受室友的鼓励，扬起对失意往日不馁的勇气。

　　高中生活，并不像我表姑告诉我的那样：每天都是晴天，每天都是欢笑，再也不会像初中那样坐冷板凳。很多事情，只有自己躬身经历过了才有发言权。高中里若想活得很出色，尤其是高三，更是需要"衣带渐宽终不悔，为伊消得人憔悴"的定力。我们八个人约定，一定要活得好一点。于是我们每天早早地携手并肩地出现在教室里读书做题，每次的饭食也是轮流去买，这样可以节省一些时间，在书籍的海洋里多遨游一会儿。遇到不会的问题，几个人在一起讨论，直到得出结论，大家相视一笑，拍拍肩膀，然后继续学习。记得有一次，语文老师留了一个很难写的文言文翻译作业，需要用古汉语字典，但是我们八个人只有一本，于是一场你推我让的场面再次出现：到底是谁先用呢？最后还是老四开了口："老七和老八先用，你们几个接着，不就得了么？"她在一旁着急地说道。我一听，便问道："那你呢？""我嘛，写字太慢，最后一个！"她豪爽地说道。剩下我们七个人，都开怀一笑，也没再推让。时间就像白驹过隙，过得真快，竟然熄灯了！这时只剩下老四一个人没写完。我们便想了个办法，轮流给她打着手电筒，最后终于完成，累得每个人都喊腰酸手痛，但每个人心里都美滋滋的，老四还开了句玩笑："这次作业如果不得个优，那老师太对不起咱们啦。"我也来了句很诗意的话："伴着幽幽的手电光，我们八宝舟坐在书的波涛上寻觅着古人的足迹。"现在想起那个晚上，就会情不自禁地笑出声来。嗯，家就是这个味道：十分绮丽，十分简约。

　　记得海德格尔曾经说过："生命充满劳绩，但还要诗意地栖息在这块土地上。"除了紧张的学习以外，我们八个人在阳光明媚的周末去捡拾矿泉水瓶。一来是为了得个零花钱，二来是为了保护环境，都是有益的事，何乐而不为呢？那时我们八个人带上几个大大的塑料袋，就出发了。接近中午，我们已经捡到了三大袋瓶子，开心得不得了。无奈，天公不作美，太阳看着我们的成果，起了嫉妒心，狠命地抛出热量烤我们。我们几个都口渴极了，不幸的是既没带钱也没带水，只有老六，出来时随手带了一瓶水。她看着大家满头大汗的样子，毅然决然地把水让给了别人，自己却竭力忍受着口渴的难耐，还开玩笑说："你们看我这南方人，就是比你们强，哈哈。我以前整天在水汽里泡着，现在浑身都是水汽，我才不渴呢。我就是那晒不蔫、蒸不烂的一枚小青豆。"还故意做鬼脸给我们看，逗得我们哈哈大笑。回来的路上，我悄悄地问她："喂，你当真不口渴？那为什么你的嘴唇上有一层白皮呀？这白皮，就像一层霜，真好看。"她看了看我，下意识地舔了舔嘴唇，并用手轻轻擦去额头上缜密的汗珠，看了看前方，笑着说："我看你们更口渴，我还能忍忍，没什么。"听了她的话后，我突然懂得：在这个宿舍里，室友们的心是多么的纯净，多么的善良。这种纯净，就像溪水，趟过心灵能涤荡疲惫的身心：这种善良，就像音乐，穿过翠林能唤醒温柔的自我。我们八个人，不急不慢，于茫茫人海中，就这样遇见了，彼此又是爱惜有加，真可谓是一种缘分，一种幸福，而家，就是这个样子。我们八个人的家，我们八个人的爱。

斜月朦胧，雨过残花落地红。期中大测试后，我们八个人决定月下散步，也浪漫一次。此刻的大姐是文静娴雅，二姐大方成熟，我多愁善感，而老四豪爽乐观。老五是沉稳的，老六是善良的，老七是调皮的，老八则是可爱的。大姐选择了个地方，静静地坐了下来，沉默不语，倚树望月；二姐或蹲或坐，眯着眼睛，好像是在憧憬未来；我，不用说，正看着月光，哼着张信哲的《白月光》，"白月光，心里某个地方，那么亮，却那么冰凉，每个人，都有一段悲伤……想隐藏，却欲盖弥彰……"哼着哼着，就留下几滴红泪来，感叹道："对酒当歌，人生几何。唉，人走得太远，以至于忘记了自己在干什么。"老四和老七是闲不住的，早找了个地方，两人嬉笑怒骂，不在话下。其他的三个人则是独占一隅，在一起谈论些日常琐事。彼此倾心地交谈，传来一阵阵朗朗的笑声抑或是沉沉的叹息。老四她们两人玩够了，就来找我，看见我又在流泪，老七就规劝我："可真是个林妹妹！天下本无事，庸人自扰之。我们是庸人，所以才会有那么多烦恼忧愁，何不做个没心没肺的人，那什么人说来着，'没心没肺，活着不累'三姐，何不用一种超然和从容的态度来看待自己所遭遇的一切呢？"看着她那双水灵灵的眼睛，听着她真诚的言语，我只好破涕而笑。于是我就想，家就是这个样子，当你感到孤寂失意时，她可以给你一种力量，一种让你让豁然开朗的力量。我们的5610！漂泊着我们八个人的欢乐与忧愁的5610；点燃着我们八个人的激情与活力的5610。感谢你！

"因为我们是一家人，相亲相爱的一家人。"这首歌再次回荡在我的耳边时，那点点滴滴的爱的写照，如块块鹅卵石躺在我温柔的心田上：老八生病时，我们轮流悉心照顾，让她感觉到温暖；大姐丢钱时，我们悄悄拿出自己的钱凑齐了给她，撒了一个善意的谎言；下雨天我没带伞，二姐把伞放在我的桌子上，自己却淋着雨回宿舍了……所有的这些，难道不正是一个温暖的家所拥有的么？虽然我们也有拌嘴的时候，但第二天醒来时早已把不愉快抛到了九霄云外，正可谓：如烟往事俱忘却，相逢一笑泯恩仇。

　　窗外的雨淅淅沥沥地下个不停，带给人一种清新。春天的雨哟，你那润物细无声的爱，正传播到种子里，传播到希望的田野上，而我们 5610 的浓浓亲情，也像你一样，正走向远方。

勿忘国耻

　　近代百年，中华民族饱受战火之灾，令人扼腕。社会动荡，经济萎缩，一个辉煌千年的民族轰然倒下；夜郎自大，闭目塞听，一个在世界文明进程中纵横千年的民族衰败不堪。落后就要挨打。曾经的辉煌已挽救不了这个积贫积弱的民族，她有点无奈，但终究还是沦为列强欺辱的对象，蹂躏的鱼肉，手中的玩偶。悲哀，我煌煌千年文明；悲哀，我浩浩亿兆子民。遥忆那段阴霾的岁月，痛、悲、惊、悸，应该都有一点吧！割地赔款已成家常便饭，辱国条约更是不绝如缕。不愿做亡国奴的志士仁人前仆后继，在近代灰暗色屈辱史的画卷中，书写下抗争的一笔血红，夺目，逼人！

　　拥有着双层底色的近代史，就像那尘封多年色调已渐趋焦黄的黑白相片，带给人的是厚重，是使命。

　　历史的厚味还是留给史学家去咂摸吧！我们只须承担使命，只须用我们的双手建设我们的国家。

　　实现中华民族的伟大复兴固然是青少年义不容辞的分内事，然而，勿忘国耻，更是不容推脱的责任。

　　勿忘国耻，就是勿忘发生在神州大地上一个个惨痛的故事，勿忘满布恐惧的眼神、痉挛的手脚、无助的呻吟。

　　勿忘国耻，勿忘抗日战争，勿忘南京，勿忘一九三七。

　　让我们铭记一九三七年那个淌血的日子吧！这一天，日军开始了长达六周的屠杀。这群受挫于徐州会战的日军，倾巢南下，迅速包围了南京城。隆冬的南京城，天灰云淡，西风萧瑟，一派肃杀气象。太阳循着亘古不变的轨迹东升西落，清晨照亮南京城，傍晚便用"夜"把南京城锁上。恶劣的气候，严峻的形势，是虐太狂的接生婆。而日军扭曲的心理、畸形的人格正是需要虐太狂的诒笑去慰藉。可怜我不谙世事的同胞，对日军怀抱幻想，妄想破点钱财、出点什物了事。屠杀开始了，南京城瞬间变成人间地狱。这是不能打丝毫折扣的杀戮，一方是全副武装的正规军，一方是孱弱的妇幼老弱。刹那间，横尸堆街、哀号溢巷、鲜血凝地。四十余天，我同胞三十余万惨遭杀戮，天理何在！这群披着军装的禽兽，躯壳已腐，灵魂已瘪，精神已木，枉为一世人，枉走一遭人间。

　　南京之耻，国人于心牢记。历史沉淀下来的郁结，短时间内是难以释怀的。

　　有一种力量来自屈辱，有一种气韵源于愤懑。这是孕育于屈辱成长于复兴之途的力量，这是培植于愤懑追求于卓越的气韵。中国力量势不可挡，因为一个民族已经崛起；中华气韵誉满全球，因为一个民族已经崛起。

　　勿忘国耻，是不敢忘更是不能忘；

　　勿忘国耻，是对历史的尊重，更是对历史的一种负责；

　　勿忘国耻，不是苛责欺辱中国的世界诸国，更不是复仇；

　　勿忘国耻，是一个民族奋斗的动力，更是一种使命。

写在清明

天下着冷雨，飘飘洒洒，打湿了行人的衣衫。凄凉的石板路上，人们神情凝重，步履缓慢。潮湿的大地上，小草吐露出新芽，树木伸展开手脚。一股悲壮凄冷之感袭来，我抬起头，望望前方。哦，又是一个让人断魂的清明，又是一个草长莺飞的春季。

可是几日前，却全然是另一副模样。变化好像才刚刚开始。几乎枯干了的枝丫，峭愣愣的，一撅便会发出格格的响声，它似乎已经死了。然而一声春雷响起，枯干了的枝丫，便会吐华抛翠，死而复生。石缝间、甬道边、断墙里，沉默了一个冬季的小草，倔强地钻出了头，嫩嫩的，可是谁能想到，一场春雨过后，大地便又是一片葱郁。这难道不像革命年代，星星之火，瞬息而成燎原之势吗？

静穆的陵园里，长满了野草，杂杂沓沓的，可是陵园并不衰败。不但不衰败，在草木的应和下，反而显出几分生气。风吹日晒，雨打霜袭，刻写在石碑里的名字，已被剥蚀得模糊不堪。那些湮没在历史风尘里的名字，也许再难记起。可是每逢清明，人们依然会虔诚地来到这儿，祭奠那些逝去的先烈。他们的身躯腐烂了，名字被遗忘了，但，他们的精神永远不会死去。一如这些小草，渺小、孱弱、不起眼，但也不乏坚韧、顽强、伟大。

中国梦·我的梦

中国是一个了不起的国家，我以能够生在中国感到无比骄傲。中国是世界上唯一一个没有中断文化传承的国家，中国古人曾经创造出辉煌灿烂、足以睥睨世界的昌盛文化，并实现了在广袤的土地上，实行有效治理达数千年之久的壮举，成为世人眼中，公认的治理得最好的国家。

这些都是了不起的成就。当然，中国了不起的成就不止于此。明朝中期之前，无论在政治、经济、文化领域，还是在科技、军事领域，中国都有着不俗的表现，令他国难以望其项背。

然而，这些都已经不重要了。

原因谁都知晓，明王朝中叶以后，妄自尊大的中国，未能跟上世界发展的步伐，逐渐落后于世界发展的潮流。未能与时俱进封闭自满的清王朝，自得于康乾盛世文治武功的清王朝，沉醉于天朝上国迷梦中的清王朝，终于在鸦片战争中，品尝了封闭愚昧的恶果。鸦片战争之后，中国国门洞开，各种苦难纷至沓来。

鸦片战争、第二次鸦片战争、中法战争、中日甲午战争、八国联军侵华战争、抗日战争。每一场战争背后，都会有无数国人为之抛头颅洒热血；每一场战争背后，都会有无数催人泪下，同时也催人奋进的故事。所以说，一百多年来，中国人饱尝战乱之苦，深受殖民之害。

哪里有压迫，哪里就会有抗争。正所谓多难兴邦。一百多年来，顽强的中国人不屈不挠的抗争终于换来了一个新中国。脱胎于羸弱百年旧中国的新中国，的确不够强大，也不够富足，但可贵的是，生活在这片大地上的人们，重新主宰了自己的命运，从此不再有战祸之虞，殖民之忧。

实现民族独立是近代仁人志士的梦想，如今中国以傲岸挺拔之姿屹立于世界东方，显然民族独立的梦想已然实现。那么当前中国人的梦想又会是什么呢？毋庸置疑，当前中国人的梦想即在民族独立的基础上，实现民族的复兴。

因为曾经辉煌过，且有千余年之久，国人的大国心态根深蒂固。而近现代的落后，令国人痛心疾首。实现民族独立后，实现民族的复兴，便成为当代每个中国人心中的期冀。而改革开放的实践，终于令国人看到了民族复兴的曙光，所以隐藏在国人心中的大国情结不可避免的再次萌发。

经过全体中国人三十余年的努力，中国经济迅猛发展，综合国力与日俱增，国际地位也不断攀升，中国人终于找回了丢失了几个世纪的自信。如今，蓦然回首，中国已然站在世界大国的第一梯队。

近几年，由于中国迅速崛起，西方诸多媒体自觉不自觉地将中美两国相提并论，世界格局也正朝着两超多强的方向演进，如今，昔日诸多西方大国的光辉已然不再，这一方面可以看做是对中国大国地位的肯定，一方面也可以看做是对中国综合实力的捧杀。

是的，无论从经济实力还是从发展潜力，无论从综合国力还是从国际影响力，无论从科技实力还是从军事实力等，诸多角度来审视，中国都已然成为一个世界大国。

然而，令人扼腕的是，国富了，民却未强。

尽管改革开放已有三十余年，但每个中国人的人均产值，仍然不及美国人的八分之一，只有日本人的六分之一，即使同台湾地区相比，也只及其三分之一。所以从横向比较不难看出，中国仍然是一个道道地地的穷国。许多人仍然朝不保夕，食不果腹，依然为混一口饭吃日夜奔波。与此同时，中国外汇储备世界第一，汽车产销量世界第一，进出口贸易总量世界第一，发展速度与潜力世界第一，军费开支世界第二，世界五百强企业数量世界第二，上福布斯富豪榜富豪人数世界第二。

纵观以上数据，真是对中国这个世界第二大经济体的绝妙讽刺，这是中国的尴尬也是发展的原动力，正由于许多普通中国人生活之艰难，依然为生计奔波，才有了实现中国梦的价值与方向。

国家富足算不得民族复兴，唯有国家富裕人民强大，才算得上民族复兴，如今，国家已然十分富足，也有着显赫的国家地位，人民却不够强大。所以，实现中华民族复兴的重心，应该放在提高人民生活水平上。

人民群众的生活水平一天得不到提高，中华民族的复兴梦就一天得不到实现。在西方哲人看来，无论什么样的国家，只要国家富强人民贫弱，都是可耻的。而我认为，社会主义国家尤甚。社会主义的本质是，消灭剥削，消灭两极分化，最终实现共同富裕。社会主义的本质固然好，但许多事执行起来往往会打折扣。

并非每个人都心怀大志，都想建功立业，作为中国大多数的普通人，他们的梦想根本就不宏丽。有份体面的工作，有个幸福的家庭，有对聪明的儿女，不时打次牙祭，这就是他们全部的梦想。这些梦想十分朴实，一点都不华丽，但再宏大的梦想也是由无数个这样朴实的小梦想堆积而成的。这些朴实的梦想实现不了，中华民族的复兴梦也就不会有坚实的基础。

所以，官员们认真践行社会主义核心价值观，能够多加关心普通大众，多创造一些工作机会，多提供一些工作平台，多增长一点工资，多控制一下物价，多完善一些保障制度，真正做到忧群众之所忧，急群众之所急，中华民族伟大的复兴梦才能尽早实现。

在污浊的社会里，在残酷的竞争中，在并非十分公平的职场上，那些有识见却无背景，也不占有过多社会资源的有志之士，又该如何处之呢？我想唯有奋斗二字以当之。

有志之人往往意志坚定，勤勉而求上进，不夸张地说，他们是每个国家的脊梁。如果一个社会的结构过于僵化，阻碍了这些人由下而上的渠道，那么这样的社会迟早会完结。其实，道理也很浅显，试想一个没有精英注入的社会，怎么会始终保持旺盛的发展活力呢？

美国之所以强大，不是没有来由的，我认为，美国强大的原因，是能够做到吸引和重用来自世界各地的人才。何为美国梦？无论信仰，无论地域，无论种族，无论家庭背景，只要勤奋努力，一心向上，就可以在美国成就一番事业，这就是美国梦的内核。

毫无疑问，美国梦十分诱人。可我想说的是，创造公平的社会环境，以资鼓励有识之士实现人生价值，并非美国的专利，而是世界上所有移民国家共同的追求。当然，这也应该成为中国的追求。

二十一世纪什么资源最重要？人才！一个培养不出人才，挽留不住人才，吸引不来人才的国家，终究会走向下坡路，以致完结。综上所述，中国政府应该着力培养人才，尊重人才，留住人才，吸引全世界的人才来华工作，真正打造出一个人能尽其才的公平社会，为中华民族的复兴梦注入强劲的动力。

我认为江山代有才人出，中华民族自古就不乏人才，但缺乏识别人才、遴选人才、任用人才的机制。只要这些机制完善了，精英们如源头活水般不断地注入我们的社会，我们的社会就会充满活力，国家也会生机勃勃。

普通之人能够安居乐业，衣食无忧，家兴财旺，即为家庭之幸；残障人士能够少有所怙，老有所养，学有所成，医有所治，无离乱之虞，无冻馁之患，即为社会之幸；有才之人能够大展手脚，实现自我抱负，成就万世功业，乃为国家之幸。

以上三件幸事如能实现，实乃为中华民族之幸事。三件幸事一言以蔽之，在公平的社会里，每个中国人都能自信地活着、富足地活着、有尊严地活着。我想，当每个中国人都实现了梦想，无论宏丽的，还是朴素的，实现中华民族的复兴梦也必然指日可待。

中国向来就是一个怀有梦想，并敢于逐梦的国家；从嫦娥奔月的传说，到夸父逐日的神话，无不向世人昭示中华民族对美好梦想的渴念；从大禹治水的实践，到都江堰的修建、京杭大运河的开凿，以及三峡大坝的筹建等，无不向世人昭示中华民族勇于追求梦想的精神。

所以我认为，中国是一个了不起的国家，古代是，现在也依然是；中华民族是一个了不起的民族，古代是，现在也依然是。

一句话，只要中国人下定决心做的事，就没有不成功的。

捉　鱼

　　打小喜欢捉鱼。迷恋那凉飕飕蹚水滑溜溜摸鱼的感觉。人长大了，事也繁了，下水的机会也就不多了。可是，每忆起渠塘中抛网收网，堤堰边频频起竿的碎影，心里总是痒痒的。忘不了小时候无拘无束的生活，那水那鱼带给自己的快乐。有梦可资回忆是种幸福，有事可供咂摸是种惬意。一想到每天为生计奔波为名利劳碌，都不觉气燥，脸上的肌肉仿佛僵住一样，"不苟言笑"。纵使笑起来，也是皮笑肉不笑，笑声中极具功利色彩。还是小时候好，玩时疯玩，笑时傻笑，无忧无虑，天真烂漫。

　　我生活在华北平原北部一个宁静的小乡村。村子不大但很宁静。像坐落在神州大地上千千万万个村庄一样，她太不起眼了。没有南国旖旎的小桥流水，没有塞北苍茫的大漠孤烟。不会有什么大事在那发生，也不会在哪爆发出什么惊世的新闻。小村的每一天都过得很安静，一声渺远的鸡啼便开启了村民一天新的生活。几声犬吠即可打破夜的寂静。每天太阳都会把温暖播撒进村庄的每一个角落，万不会因为她的小而忽略了她。还有月光也是小村的常客，除非阴天。是她那厚重的黄土养育了全村人，塑造了村民憨厚勤奋的性格。我爱我的村庄，尽管他很小。那里有我的亲人，有我的童年，有我的梦，有我的根。那里还有整齐的田禾，蓊蓊郁郁的杨柳，大大小小的坑洼。小村的气候有着鲜明的季风性，每逢夏季雨水时至，时而滂滂沱沱，时而淅淅沥沥，总能把村前那坑坑洼洼灌个盆满钵满。待雨季一过，坑洼中水一落，正是捉鱼的好时候。村民都喜欢捉鱼，不分老少，无论男女。捉鱼是村民的一种极具情趣的娱乐方式。我们这些在农村长大的孩子，很小就敢下水，很早便学会游泳。不像有些城市孩子有的终生不敢下水，真是种遗憾。他们是体会不到水带给人的快乐的。更是体会不到捉鱼的快乐的。

　　在村前不远处，坐落着一个大洼，在它东边还有一个小洼。那小洼活像大洼的孩子，依偎在母亲身边，纵使暑往寒来，斗转星移，它自岿然不动。两洼间隔着一条不高的土梁子。夏季大雨一过，两洼便携起手来。一般时节小洼是干涸的。记得有一年小洼的水渐低，面积也在不断减小。那小洼引起邻居家小亮的注意。一天早上，他兴冲冲向我家跑来，见我家人在吃饭，忙不迭问声好，便把我拽到屋外，瞪大眼睛，说："伟哥，村南小洼快干了，里面有鱼，不少。"他的眼神掩饰不住兴奋，发着黑光。我也很兴奋，忙说："好!""我怕爸妈不让去。"他说得有点无奈。"没事，不告诉他们就行了。"我说："你不想捉鱼了。""想"他说得很坚决。两个人诡秘地一笑，仿佛孙悟空偷吃了蟠桃园的桃子后般欣喜。不大一会儿，我们便在小洼前会师了。那天是个大晴天，碧空如洗，天际飘着片片不知何状的白云。和煦的阳光照得人暖融融的，照得静谧的村庄也充满了暖意。风也温和得很，像母亲的手抚你的脸。夏季的小村庄是迷人的，满眼的绿，绿的水，绿的草，绿的树，绿的禾田，连人们的心都是绿的。尤其雨后的小村庄，更是赏心悦目，令人心旷神怡神清气爽。站在洼前，我们俩脱了鞋，挽起袖子，抹起裤角。一脚迈进洼中的污泥里。身后立刻泛起一道灰黑色的水流。那黑色的水流慢慢向两边扩散。我们俩弓着腰，双手在齐膝的水中摸着。半天竟然一无所获。我用怀疑的目光打量着小亮，他被我看得有点窘，

"小亮，你不会搞错吧，这水里没鱼。"我说。"我昨天下午还看到一条水线划过呢，肯定有鱼，我担保。"他说得很认真。我站在岸边，环视着小洼，一如农人环视着自己辛勤侍弄的禾田，一如投资商环视自己颇费周折才得到的开发区。小洼撑死也不过三百平方米。我咬咬牙，在齿间挤出一个字："淘。""淘！"小亮用疑惑的眼神瞅着我。仿佛眼前与自己玩耍了十几年的伙伴成了外星人。"是，淘！"我坚定地说。"这么多水，咱得淘到什么时候。"他还是那副疑惑的面孔，只是又增添了几分惊遽。"想捉鱼吗？"我问他。"想。"他回答。"想就得干，男子汉怕什么，你不干，我自己干，到时候你可别羡慕我。"我淡淡地说。"好，我这就回家拿家伙。"他显然被我说动了。不消一刻钟，我们又并肩站在小洼前。两个人满张着嘴，仿佛要把水吞下。我们终究还是孩子，气力有限。两个人折腾到中午，才把捉鱼的基础设施搞好——挖了个坑，当了条堰，布开段网。两个人只顾忙碌，都忘了时间。腹中空空如也竟毫无觉察。猛一抬头，四目相顾。不觉失笑，本来白生生的两个孩子变得脏兮兮不堪入目。满脸汗水裹挟着泥巴连同早饭留下的残余，把两张小脸打扮得精彩纷呈。小亮倏地一抹额头的汗水，在本来着色不匀的额头又"书写"下浓墨重彩的一笔。那小脸蛋上的风景就更见风致了。突然，小亮妈来了，看到戳在水塘中的我们俩，噗哧一声笑了起来。又有点生气地说："亮儿，找你半天了，都几点了还不回家吃饭。"我冲小亮一笑。不好被小亮妈妈看到了。忙低下头。"还有你，你妈也在找你了。"她在看着我。小亮低头向岸边走去，我赶紧走向前，同他耳语了几句。他咧开嘴差点笑出声来。我也拖着疲惫的身子快快回家。下午我们俩像参加什么国际会议似的一刻不停赶到村南小洼。洼里的水已恢复了平静，也清澈了许多。我们又开始忙碌起来，干得可起劲了，一是兴趣使然，一是诱惑在前。我们机械地淘着水。"一盆，两盆，三盆……"我们在为彼此鼓劲。我们说好先不要回头，因为那一汪水，毕竟不是一会半会能淘完的，我们毕竟还很小。水洼中的水越来越少，四周露出一圈圈被水浸湿的岸。两人的举动引来许多围观者。有我俩的伙伴，他们眼睛里不时流露出欣喜与企羡。让他们加入，又死活不肯。"什么水凉啦！怕脏啦！爹妈不让下水啦！"都是托词。大人也有驻足观望的，一般站得都很远，但随着风也依稀可以听到一言半语："这俩小子胆子可真不小，这么多水也敢淘。"显然他们是在夸奖我们。小亮抬头复又低下头，说："二伯伯来了。"我心里一惊，心道不好，可是又装出一副泰然自若的样子。我轻轻说："没事，淘你的水，不看他。"可是，心里早已怦怦直跳。小洼西边的大洼是小亮二伯伯家的。每年春季，二伯伯都撒一些鱼苗。今年也不例外，我们俩捉小洼的鱼等于偷大洼的鱼。这是很明了的事。小亮的额头已冷汗涔涔，我也愈来愈紧张。真怕他大吼制止我俩的行为。我下意识望了他一眼，他正凝视着水洼，洼里不时有水线穿来穿去。他紧闭嘴唇，脸色铁青，头发被风一吹，有点乱。像棵苍松似的立在那，岿然不动。我的心愈跳愈烈，好像要跳出来似的。身上早已冷汗淋漓。天渐渐暗下来，如虹的晚霞映红了西天，呈现给人一个色彩斑斓的世界。岸上的人纷纷离去，因为已听不到他们的声音。我俩不觉回头望了一眼，洼中水积已不满一寸，许多大鱼的脊背已昭然。小亮再也抑制不住自己的情绪，大呼起来，不顾疲倦，深一脚浅一脚向蠢蠢欲动的大鱼扑去。直到夜幕深垂时我们才捉净洼中的鱼。小亮妈来了，我妈也来了。看到我们疲倦的样子和身后的鱼，又是高兴又是心疼。小亮毫不客气地把那几条大鱼拎到他盆里。对此，我有点气恼，刚要说话，妈妈盯了我一眼，我又咽了那句话。可是脸色很难看。心想我干的比他多，他凭什么要那几条大鱼。

　　清楚地记得为这件事我郁闷了好一阵子。好一段时间不和小亮说话。现在想来不觉暗然失笑。总是说别人自私，自己何尝不是这个样子呢。难道那几条鱼被自己收入囊中就对么？其实，谁要都是无所谓的，真要是谁为此觉得有所谓了，那么这个人在别人眼里也就无所谓了。

清楚地记得那水那鱼，那一天得到的启示。干任何事情，都不要被眼前的那汪水吓住，没什么的。只要你躬身淘它一番，你会发现它其实很容易就可以被淘净的。倘若你望洼兴叹，踌躇不前，那么，你只有一种结果——失败。别人拾鱼时，你岂不会后悔死。成功其实很简单，埋头苦干即可。